Die Harzreise
하르츠 여행기

〈지식을만드는지식 고전선집〉은
인류의 유산으로 남을 만한 작품만을 선정합니다.
읽을 수 없는 고전이 없도록 세상의 모든 고전을 출판합니다.
오랜 시간 그 작품을 연구한 전문가가
정확한 번역, 전문적인 해설, 풍부한 작가 소개, 친절한 주석을
제공합니다.

Die Harzreise
하르츠 여행기

하인리히 하이네(Heinrich Heine) 지음
김희근 옮김

대한민국, 서울, 지식을만드는지식, 2024

편집자 일러두기

- 이 책은 2016년 레클람문고에서 출간한 《Die Harzreise》를 원전으로 삼아 번역했습니다.
- 이 책은 당시 당국의 사전 검열과 출판사의 개입 등에 항의하며 작가가 미완의 상태로 출간한 것을 그대로 옮긴 것입니다.
- 이 책에 실린 작가의 초상화와 하르츠 지도, 풍경 삽화는 1912년 뉴욕, 헨리 홀트 앤드 컴퍼니에서 출간한 《Die Harzreise und Buch Le Grand》(Robert Herndon Fife, Jr. ed.)에서 따온 것입니다.
- 한 편의 시, 음악, 희곡이나 기사 등은 〈 〉로 표시하고 장편소설, 단행본, 잡지, 신문 등은 《 》로 표시했습니다. 《성경》, 《코란》 등 종교 경전도 《 》로 표시했습니다. 작품의 제목임을 특별히 강조해 언급한 때에는 ' '로 표시했습니다.
- 한, 두, 세 등으로 읽히는 숫자는 두 자리까지는 한글로 적고 그 이상은 모두 아라비아 숫자로 적되 백, 천, 만 등의 단위는 모두 한글로 적었습니다. 또 수가 들어간 관용적 표현은 모두 한글로 적고, 시간과 날짜는 모두 아라비아 숫자로 적었습니다.
- 주석은 독자의 이해를 돕기 위해 모두 옮긴이가 단 것입니다.
- 외래어 표기는 현행 한글 어문 규범의 외래어 표기법을 따랐습니다.

차 례

하르츠 여행기 · · · · · · · · · · · · · · · · · · 1

해설 · · · · · · · · · · · · · · · · · · · 147
지은이에 대해 · · · · · · · · · · · · · · · · 157
지은이 연보 · · · · · · · · · · · · · · · · 163
옮긴이에 대해 · · · · · · · · · · · · · · · · 166

대학생 시절의 하인리히 하이네(Heinrich Heine, 1797~1856)
크라우스토프(W. Kraustopf)의 에칭 동판화
데사우의 카를 마인데르트(Karl Meindert) 소장

이 짧은 미완의 여행기 안에
사랑과 낭만을 꿈꾸는 독일의 서정 시인이자
장차 사회 비판을 서슴지 않는 참여 작가로 불릴
젊은 하인리히 하이네의 모습이
모두 담겨 있다.

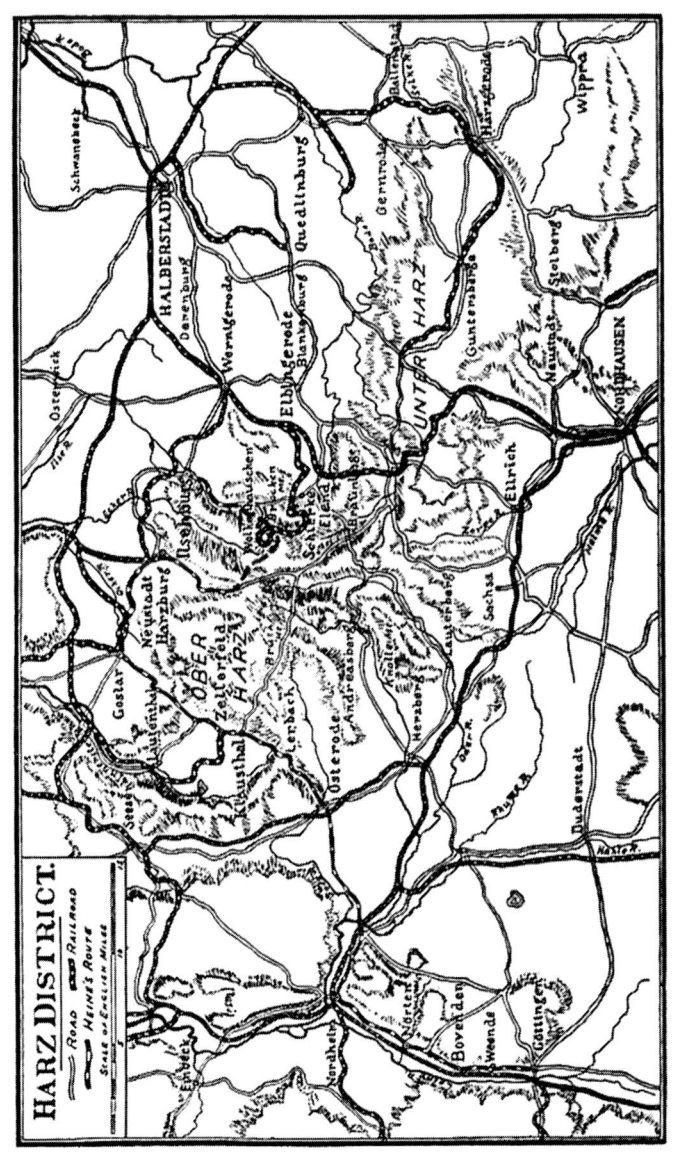

1912년 판본에 실린 하르츠 지도

검은색 신사 양복, 비단 양말,
정중한 느낌의 하얀색 커프스,
부드러운 말씨, 포옹―아,
저들이 따뜻한 마음을 가진 사람이라면!

가슴에서 우러나온 따뜻한 마음, 그리고 사랑,
따뜻한 마음에서 우러나온 따뜻한 사랑―아,
나를 죽도록 괴롭히는 너희의 노래
너희가 꾸며 낸 사랑의 슬픔.

그 산에 오르리라,
소박한 오두막이 있고,
자유롭게 가슴을 열어젖히며,
바람에 나부끼는 자유를 호흡하는 곳.

그 산에 오르리라,
거무스름한 자태의 전나무들이 우뚝 솟고,
졸졸 흐르는 개천, 노래하는 새들,
위풍당당하게 구름이 달려가는 곳.

잘 있어라, 바닥 매끈한 홀들아!

말쑥한 신사들아! 숙녀들아!
나는 산에 오를 것이다,
그곳에서 미소 지으며 아래 너희를 굽어보련다.

    소시지와 대학으로 유명한 괴팅겐은 하노버의 왕들이 소유한 도시다. 이곳에는 999개의 사격 진지, 여러 종파의 교회, 한 개의 조산원, 한 개의 천문대, 한 개의 유치장, 한 개의 도서관, 맛이 기가 막힌 맥주를 저장한 창고가 한 개 있다. 도시를 비켜 흐르는 하천의 이름은 라이네다. 여름이 되면 사람들이 그곳에서 헤엄을 친다. 물은 매우 차갑고 몇몇 지역은 폭이 넓다. 배를 타고 강 건너에 이르려면 꽤 힘을 들여 노를 저어야만 한다. 도시 자체는 아름다운 편이다. 특히 도시를 등지고 볼 때의 경치가 가장 좋다. 이 도시의 역사는 매우 오래됐다. 기억하건대, 그러니까 5년 전에 내가 대학에 등록하고, 다시 퇴학당했던 그때*의 도

---

* 그때 : 하이네는 1821년 결투 사건으로 괴팅겐 대학으로부터 정학 처분을 받았다.

시 모습 역시 머리가 희끗희끗한 애늙은이의 모습이었다. 콧수염을 기른 사람, 푸들 강아지, 박사학위 논문, 작은 무도회, 빨래하는 여인, 편람, 구운 비둘기 요리, 교황 옹호파, 학위 수레,* 돌대가리, 추밀 고문관, 법률 고문관, 퇴학 심의 위원, 괴짜, 사기꾼으로 붐비는 도시였다는 말이다. 혹자는 민족대이동 시기에 이 도시가 세워졌다고 주장한다. 그래서 당시에 독일의 모든 혈통이 이곳에 손상되지 않은 표본들을 남겨 놓았고, 그것에서 반달인, 프리슬란트인, 슈바벤인, 튜턴인, 작센인, 튀링겐인 등의 게르만 인종이 유래했다는 것이다. 오늘날에도 괴팅겐에서 집단을 이루고, 모자와 술 장식이 달린 파이프의 색깔로도 구분되는 그들은 베엔더 거리를 활보하고, 피비린내 나는 전투가 벌어졌던 라젠뮐레, 리트셴크루게, 보브덴에서 끊임없이 싸움을 벌인다. 풍속과 관습 면에서 그들은 지금도 민족대이동 시기와 다름없는 삶을 영위하고 있다. 그리고 부분적이긴 하지만, 그들은 힘센 수탉으로 불리는 지

---

* 학위 수레 : 박사학위 취득자를 수레에 태우고 거리를 행진하는 축하 뒤풀이의 일종이다. 현재도 괴팅겐에서 이어지는 전통이다.

도자에 의해, 또한 관례라고 불리고 게르만 부족법*에도 당연히 등장하는 고대로부터 전해 온 법률서에 따라 다스려지고 있다.

 일반적으로 괴팅겐에는 학생, 교수, 속물, 그리고 가축들이 산다. 그러나 이 네 개의 계층은 서로 엄밀하게 구분되지 않는다. 오히려 가축들이 가장 중요하다고 말할 수 있을 것이다. 이 도시의 대학생, 그리고 정교수와 정교수 직급에 오르지 못한 교수 모두의 이름을 언급하는 것은 너무나 장황한 일이 될 것이다. 지금 이 순간에도 학생들의 이름이 내 기억에 남아 있지 않다. 그리고 교수 중 상당수는 이름조차 모르겠다. 괴팅겐에 사는 속물적인 시민의 수는 상당했을 것이 분명하다. 모래알만큼. 아니다. 바다에 있는 오물만큼 많다는 표현이 더 옳을 것이다. 정말 그렇다. 아침에 대학 법정 정문 앞에 떡 버티고 서서 흰 종이에 적은 계산서를 내게 내미는 그들의 지저분한 얼굴을 볼 때면, 신은 어떤 이유에서 누더기 자루와 다름없는 사람들

---

* 라틴어 원명은 'Leges Barbarorum'이다.

을 이렇게 많이 창조하셨을까 하고 나는 의문을 품게 된다.

여러분들은 괴팅겐에 관한 더 상세한 것들을 K. F. H. 마르크스의 《괴팅겐 지지학》*을 통해 더 편하게 읽어 확인할 수 있을 것이다. 한때 나의 주치의였고 사랑으로 나를 보살폈던 이 저자에 대해 나는 신성불가침의 책임 의식을 가지고 있다. 그러나 그의 저서를 읽으라고 여러분에게 반드시 추천할 수만은 없겠다. 괴팅겐에 사는 여자들의 발이 과도하게 크다는 그릇된 견해를 그가 단호하게 부정하지 않았던 사실을 나는 비난하지 않을 수 없기 때문이다. 그렇다, 나는 심지어 수년 전부터 이런 견해가 틀렸다는 것을 입증하는 데 몰두하고 있다. 그래서 나는 비교 해부학 강의를 수강했고, 도서관에 있는 희귀한 도서들에서 주요 내용을 발췌했으며, 베엔더가에서 오랜 시간 동안 지나가는 여성들의 발을 연구했다. 그리고 상세한 내용을

---

* 《괴팅겐 지지학》: 1824년에 출판된 카를 프리드리히 하인리히 마르크스(Karl Friedrich Heinrich Marx, 1796~1877)의 책으로 원제는 'Göttingen in medizinischer, physischer und historischer Hinsicht geschildert'이다.

다른 보고서가 작성될 것이다. 연구 결과는 이러할 것이다. 첫째, 발에 관한 일반적인 사항들, 둘째, 노인들의 발에 관해, 셋째, 코끼리의 발에 관해서, 넷째, 괴팅겐 여성들의 발에 대해서, 다섯째, 울리히 정원을 방문한 사람들의 발에 관해 이제까지 언급되어 온 모든 것을 종합하고, 여섯째, 발들을 연관 관계 속에서 살필 것이다. 그리고 이 자리를 빌려 장딴지, 무릎 등에 관한 것으로도 외연을 확대할 것이다. 일곱째, 그리고 대형 작성 용지를 마련할 수 있다면, 나는 괴팅겐 여성의 발을 복사한 동판화 몇 점을 추가할 것이다.

괴팅겐을 떠나기에는 너무 이른 아침이었다. 학자인 체하는 나는 여태 침대에 누워 있었고 늘 그렇듯이 꿈에 빠져 있었다. 아름다운 정원을 거니는 꿈이었다. 화단에는 명언이 적힌 하얀색의 작은 종이들이 꽃처럼 햇빛을 받아 매력적인 모습으로 반짝이고 있었다. 외로움에 지쳐 버린 마음에 생기를 불어넣는 꾀꼬리의 고운 노래를 들으며 나는 여기저기 피어 있는 꽃들을 꺾어 화단에 힘껍게 옮겨 심었다.

베엔더성 문 앞에서 이곳 출신의 소년 둘을 만났다. 둘

19세기 초반 괴팅겐의 시장 광장

중 하나가 다른 하나에게 말했다.
 "테오도어하고 더는 사귀지 않을 테야. 거지 같은 놈이야. 글쎄 그 아이는 멘자*의 2격을 모르더라고."

* 라틴어 '멘자(mensa)'는 탁자를 의미하지만, 독일에서는 보통 학생 식당으로 많이 쓰인다.

여러분은 이 대화에 큰 의미를 두지 않을지 모르지만, 나는 이 자리를 빌려 다시 말하지 않을 수 없다. 그렇다, 나는 이 대화를 도시의 표어로 삼아 성문에 새겨 넣고 싶다. 젊은 사람들은 삐악삐악, 노인들은 찍찍, 이 대화는 저명한 게오르기아 아우구스타*의 편협하고 건조하며 지나치게 세세한 것을 따지는 자부심을 의미한다.

대로에 신선한 아침 바람이 불고 새들이 즐겁게 노래하니 내 기분도 점차 나아지고 용기가 샘솟는다. 하지만 바뀐 건 없다. 조금 전만 해도 나는 법학부의 대형 강의실에 있었다. 로마법전에 등장하는 문구의 의미를 꼬치꼬치 캐묻는 교수로 인해 내 정신은 온통 거미줄로 휘감기고, 가슴은 이기적인 로마법 체계의 강철같이 단단한 조항들 사이에 끼여 답답했다. 트리보니안, 유스티니안, 헤르모제니안, 둠머얀과 같은 비잔틴과 로마 제국 시대의 법학자들 이름이 끊임없이 내 귀를 괴롭히는 가운데, 멀리 나무 아

---

* 게오르기아 아우구스타 : 게오르기아 아우구스타(Georgia Augusta)는 괴팅겐 대학의 라틴어 명칭이다.

래 사랑을 나누는 연인들의 모습이 흡사 여러 개의 팔로 휘감긴 로마법 전서처럼 보일 지경이었다. 길로 나서니 다시 생기를 느낄 수 있었다. 소젖 짜는 아가씨들에 이어 험상궂은 얼굴을 한 사람들을 거느리고 당나귀 몰이꾼이 지나갔다. 베엔데 너머 괴팅겐의 어떤 지역에서 나는 셰퍼와 도리스를 만났다. 그들은 게스너*가 노래하듯 목가적이고 낭만적인 한 쌍의 연인이 아니라 대학에 의해 임명되고 전권이 부여된 직원이었다. 그들의 임무는 이러했다. 대학생들이 싸우는지, 괴팅겐에 들어오기 전에 수십 년 정도는 전염병처럼 격리되어야만 할 새로운 이념들을 수상쩍은 대학 강사들이 몰래 숨겨 들어오지 않는지를 정신을 바짝 차리고 감시해야 하는 것이다. 셰퍼는 동료를 대하듯 다정하게 나에게 인사말을 건넸다. 그 역시 작가이기 때문이다. 반년 전에 쓴 책에서 그는 내 이름을 언급하기도 했다. 내 글을 자주 인용하던 그는 그 사실을 알려주기 위해 내 집을 방문할 때가 있는데, 내가 집에 없을 때

---

* 게스너 : 살로몬 게스너(Salomon Geßner, 1730~1788)는 스위스의 화가이자 신문 발행인, 시인이다.

면, 그 인용구를 친절하게 방문에 분필로 적어 두었다. 한 필의 말이 끄는 마차가 이따금 지나갔다. 마차 위에 오른 대학생들은 소풍 가거나 여행 중인 것 같다. 괴팅겐과 같은 대학 도시에는 항상 오고 가는 사람들이 많다. 3년이면 벌써 한 세대에서 다른 세대로 바뀌고 있다는 것을 사람들은 알 수 있다. 학기가 거듭되면서 끊임없이 사람들이 이곳으로 몰려들었다. 늙은 교수들만이 이러한 분위기 속에서 흔들림 없이 제자리를 지키고 있다. 마치 이집트의 피라미드라고 할까. 그러나 이 대학교의 피라미드에는 지혜가 숨겨져 있지 않다.

괴팅겐 근교 라우셴바서에 있는 은매화 정자에 기대에 부푼 두 명의 말 탄 젊은이가 나타났다. 그리고 그곳에서 경박한 일을 하는 여자*가 그들과 함께 익숙한 솜씨로 비쩍 마른 말의 허벅지를 채찍질하며 국도가 있는 곳까지 갔다. 그런데 뒤에 있던 젊은이 하나가 내키는 대로 행동하는 그녀에게 채찍을 들고, 하지만 점잖게 그녀를 나무라는

---

* 매춘부를 의미한다.

것이 아닌가. 그러자 그녀는 큰 소리로 웃더니 보브덴 방향으로 느릿느릿 말을 타고 갔다. 하지만 두 젊은이는 뇌르텐 방향으로 향했다. 재기발랄한 그들은 로시니*의 노래를 멋지게 불렀다.

"맥주를 마셔라, 사랑하는 리제!"

멀리 떨어져 있어도 그들의 노랫소리는 여전히 들렸다. 그런데 이 사랑스러운 노래꾼들이 갑자기 나의 시야에서 사라지고 말았다. 말 때문이었다. 늑장을 부리는 독일적인 성격을 지녔을 그 말에게 두 젊은이가 박차를 가하고 달리라고 채찍질을 했으니 말이다. 괴팅겐에서보다 더 혹독하게 말을 다루는 곳은 없다. 땀을 흘리며 기진맥진한 이 노쇠한 말들을 볼 때면, 나는 말을 가진 라우셴바서 사람들이 굶어 죽지 않을 만큼만 먹이를 주면서 말들을 괴롭힌다는 생각이 들었다. 마차에 한가득 대학생들을 태운 말들을 볼 때도 나는 이런 생각을 하지 않을 수 없었다.

"오 불쌍한 동물아, 네 조상은 분명히 천국에서 금지된

---

* 로시니 : 이탈리아의 오페라 작곡가 조아키노 로시니(Gioachino Rossini, 1792~1868)를 가리킨다.

귀리를 먹었을 것이다!"

뇌르텐에 있는 여관에서 나는 다시 두 젊은이를 만났다. 한 사람은 청어가 든 샐러드를 먹고 있었고, 다른 사람은 빚쟁이*로 불리는 황갈색 피부의 여종업원 푸시아 카니나와 이야기하고 있었다. 처음엔 공손하게 말이 오가는 것 같았은데, 이내 두 사람은 싸움을 벌이고 말았다. 배낭의 무게를 덜기 위해 나는 특별한 사연을 가진 푸른색 바지를 꺼내 벌새로 불리는 어린 남종업원에게 선물로 주었다. 늙은 여주인 부세니아는 버터 빵을 주면서 나에게 잔뜩 잔소리를 퍼부었다. 나를 그토록 사랑하는 그녀를 내가 자주 찾지 않는다는 것이었다.

뇌르텐 너머 높이 뜬 태양이 밝게 빛나고 있었다. 꾸밈없는 소박한 모습으로 다가와 머리를 따뜻하게 데워 주는 이 빛으로 미숙한 자들은 철이 들 것이다. 노르트하임의 태양여관에서 있었던 일도 말하지 않을 수 없다. 여관에

---

* 빚쟁이 : 원문 '트리트포겔(Trittvogel)'은 당시 대학생들의 은어로 마니교 신자 또는 채권자를 의미한다.

들어서자 점심이 이미 준비되었다는 걸 알 수 있었다. 차려진 요리들은 모두 식욕을 돋우는 것이었다. 소금이 들어가지 않고 말라비틀어진 양배추, 가죽처럼 뻣뻣한 저장 생선 요리 같은 맛없는 괴팅겐 대학 식당 요리에 물린 나에게 더할 나위 없는 즐거움이었다. 어느 정도 시장기를 면하고 나니 한 신사와 두 명의 숙녀가 있는 것이 보였다. 그들은 여행객이었다. 신사는 온통 초록색 옷을 입고 있었는데, 심지어 붉은 코 위에 얹힌 푸르스름하게 녹이 난 것처럼 빛나는 안경도 초록색이었다. 마치 바빌로니아 제국을 다스렸던 노년의 네부카드네자르왕과 같은 모습이라 할까. 전설에 따르면, 그는 숲의 동물들처럼 풀 이외에는 다른 것은 먹지 않았다고 한다. 여하튼 이 녹색의 신사가 나에게 괴팅겐에 있는 호텔을 하나 추천해 달라고 부탁했고, 나는 그들에게 괴팅겐에 도착해서 똑똑해 보이는 대학생과 마주치면 그에게 호텔 드브뤼바흐의 위치를 물어보라고 했다. 함께 온 숙녀 중 한 사람은 그의 부인이었다. 그녀는 큰 키의 펑퍼짐한 몸집을 가진 사람이었다. 크기가 1제곱마일은 족히 될 듯한 그녀의 큰 얼굴 뺨에는 앙증맞게도 작은 보조개가 파여 있었는데, 마치 사랑의 신이 침을 뱉을 때 쓰는 타구 같았다. 안타깝게도 밑으로 길게 늘어진 살 때문에 아래턱은 얼굴과 구분되지 않았다. 그리고 바짝 위로 추어올려진 그녀의 가슴은 끝이 뾰족한 모양의 무늬가 수놓인 옷깃으로 감싸여 있었는데, 망루나 성곽에서 볼 수 있는 그런 모습은 황금을 가득 실은 당나귀라면 어떠한 요새도 점령할 수 있다고 마케도니아의 필리포스 2세가 말했던 그런 요새의 모습이었다. 다른 한 사람의 숙녀는 부인의 여동생이었다. 그녀는 방금 말했던 사람과 정반대였다. 언니가 파라오의 살진 암소라면, 그녀는 비쩍 마른 암소일 것이다. 그녀의 얼굴에서는 두 개의 귀 사이에 있는 입만 보였다. 뤼네부르크의 황무지만큼이나 메마른 가슴을 가진 그녀는 가난한 신학자들에게 제공되는 무료 급식만큼이나 푹 삶아진 모습 그대로였다. 동시에 두 숙녀가 나에게 질문을 던졌다. 드브뤼바흐 호텔은 점잖은 사람들이 드나드는 곳이냐는 질문이었다. 세 명의 이 단짝이 떠날 때 나는 창문 밖으로 한 번 더 가볍게 눈인사를 보냈다. 간교한 웃음을 짓는 태양여관 주인은 아마도 괴팅겐 대학생들을 실어 나르는 마부가 그 호텔을 알려 줄 것으로 생각할 것이다.

노르트하임 뒤로 언덕이 이어졌다. 여기저기에서 아름다운 풍경을 즐기며 걷던 내가 만난 사람들은 대부분 장사꾼이었다. 그들은 브라운슈바이크에서 열리는 장터로 간다고 했다. 떼를 지어 이동하는 여인들도 만났다. 그들은 하얀색 아마포로 덮인 집채만큼이나 커다란 나무 상자를 등에 지고 있었다. 그 안에는 사로잡은 온갖 종류의 새들이 들어 있었다. 짐을 진 사람들이 흥겹게 걸음을 재촉하고 수다를 떨어도 새들은 끊임없이 짹짹거리고 지저귀었다. 그 모습을 보고 있자니 마치 새가 사람들을 시장으로 이끌고 가는 듯한 우스꽝스러운 생각이 들었다. 칠흑같이 어두운 밤이 되어서야 나는 오스테로데에 도착했다. 지친 나머지 식욕을 잃은 나는 곧바로 침대에 누웠다. 피로에 찌든 나는 잠에 깊이 빠졌다. 꿈에서 나는 다시 괴팅겐으로 돌아가고 있었다. 게다가 도서관으로. 법정의 어느 구석에 꼿꼿이 선 나는 옛 박사학위 논문들을 미친 듯이 뒤적이며 독서에 빠져들었다. 그러다가 눈을 들어 주위를 살펴보니 놀랍게도 벌써 깜깜한 밤이었다. 아래로 늘어진 크리스털 촛대가 홀을 환히 비추고 있었고, 근처 교회에서 울려 퍼지는 종소리로 지금이 12시라는 것을 알 수 있었다. 그때 홀의 문들이 천천히 열리더니 거인 풍채의 한 여인이 법학부 소속 사람들과 그녀를 추종하는 사람들의 호위를 받으면서 의기양양하게 걸어 들어왔다. 거인처럼 거대한 여인은 나이가 든 편이었다. 그러나 얼굴을 보면 그녀가 매우 아름다운 여인이라는 점을 알 수 있었다. 주위를 둘러보는 눈은 그녀가 거인이라는 것을, 강한 힘을 가진 여신 테미스라는 것을 말하고 있었다. 그녀는 한 손으로 창과 저울을 느슨하게 쥐었고, 다른 한 손에는 둘둘 말린 양피지 두루마리가 들려 있었다. 두 명의 젊은 법학 박사가 질질 끌리는 색 바랜 그녀의 잿빛 법복을 잡고 있었고, 그녀의 오른쪽으로 바람에 휘날리듯 이리저리 휘청거리는 모습의 몹시 여윈 루스티쿠스가 보였다. 하노버 출신의 그는 스파르타의 입법자 리쿠르고스와 비견할 만했다. 왼쪽에는 그녀의 공공연한 애인이라고 할 수 있는 우아하고 유쾌한 모습의 기사가 절뚝거리며 함께 걷고 있었는데, 그는 바로 프랑스 출신의 법률 전문가이며 추밀 법률고문관으로 활동하던 쿠자스였다. 그는 끊임없이 법에 관련된 농담을 하며 자기 말이 재미있다고 큰 소리로 웃음을 터뜨렸는데, 심지어 진지한 표정의 여신조차 그를 내려다보며 여러 번 함께 웃는 것이 아닌가. 커다란 양피지 두루마리로 그의 어깨를 툭툭 건드리면서 낮은 목소리로 이렇게 속삭이면서 말이다.

"꼬마야, 나무 위에서 가지나 잘라라!"

그녀에게 다가간 나머지 사람들도 그 말을 듣고 함께 웃었다. 고심 끝에 만들어진 새로운 법체계나 가설 또는 괴상한 생각 따위를 들은 것처럼 말이다. 홀의 열린 문을 통해 낯선 사람들이 계속 들어오고 있었다. 고귀한 신분의 사람들이라는 걸 드러내고 싶은 그들 대부분은 무뚝뚝하고 행동은 느리며 게으른 사람들이었다. 지나치게 자신의 지위에 만족해하는 그들은 판례집을 들추고, 발견한 제목마다 규정하고 분류하며 토론을 일삼는 무리였다. 이어 또 다른 무리의 사람들이 등장했다. 저런 옷이 있었나 싶은 낡아 빠진 법복을 입은 연로한 법학자들이었다. 모두 하얀색 가발을 쓴 그들은 이미 오래전에 잊힌 얼굴들이었다. 놀라운 것은, 지난 세기의 유명한 학자들이 그다지 주목의 대상이 되지 못한다는 사실이었다. 그들은 여신 주위로 구름처럼 모여든 사람들 사이에서 파도 소리처럼 어지럽고 커지기만 하는 사람들의 수다와 고함지르기에 나름대로 합류하려 시도했다. 결국 인내심을 잃고 말았다. 더는 참을 수 없다는 듯 고통스러운 목소리로 누군가가 소리를 질렀다.

"조용히 하란 말이야! 조용! 난 지금 고귀한 프로메테우스의 목소리를 듣고 있다. 조롱하는 무리, 무언의 폭력이 무구한 자를 형벌의 바위에 고정해 두었다. 그런데 너희들의 요사스러운 수다와 싸움 때문에 열이 오르는 그의 상처를 식히고 바위를 깨부술 수 없단 말이다!"

소리를 지른 자는 바로 여신이었다. 그녀의 눈에서 눈물이 시내가 되어 흘러내렸다. 죽음의 공포에 사로잡혀 울부짖는 사람들 소리로 홀 천장이 우지직 소리를 내며 무너지고, 서가에 꽂혀 있던 책들이 바닥으로 떨어졌다. 늙은 뮌히하우젠*이 액자 밖으로 나와 이 소동을 헛되이 잠재우려 했지만, 진동은 여전했고 사람들의 요란스러운 외침은 거세졌다. 정신병원과 다름없는 이곳에서 나는 옆 홀인 역사관으로 도망쳤다. 그곳은 벨베데레의 아폴론 조각상과 메디치의 아프로디테 조각상이 나란히 전시된 그야말로 은총을 받은 공간이었다. 나는 미의 여신 아프로디테의 발치로 급히 달려갔다. 그녀를 보자 방금 빠져나온 광란의 현장에 관한 생각 따위는 말끔히 사라졌다. 나는 축복받은 육체의 조화와 영원한 사랑스러움을 감격 어린 눈으로 마음껏 들이마셨다. 그리스의 평온이 내 영혼을 감싸고 내 머리 위로 천상의 축복인 듯 태양신 아폴론의 신성한 악기 리라의 달콤한 소리가 들렸다.

---

* 뮌히하우젠 : 브라운슈바이크 · 뤼네부르크 선제후국 출신의 귀족(남작)이다.

꿈에서 깨었건만, 듣기 좋은 그 소리가 지금도 들리는 것 같다. 들판에는 한 무리의 가축들이 있고 워낭 소리 높이 울려 퍼졌다. 창문을 통해 들어온 사랑스러운 황금색 햇빛이 방 벽들에 그림을 그리고 있구나. 해방전쟁*의 장면들이 아니던가. 우리 모두 영웅이 되었던 전장의 모습이 충실하게 그려졌구나. 루트비히 16세가 혁명기에 단두대에서 참수당하는 장면도 볼 수 있다. 차마 눈 뜨고 보기 힘든 떨어져 나간 머리들도 있는 것 같구나. 편안하게 침대에 기대어 향기로운 커피를 마시고 어깨 위에 편안하게 머리를 올려 둘 수 있음을 주님께 감사하라. 불행한 사랑을 나눈 프랑스의 연인들, 수도사 아벨라르와 수녀 엘로이즈의 모습도 벽에 그려져 있다. 소녀의 공허한 얼굴 밑에 신중함, 소심함, 동정심이라는 캘리그라피 서체의 글자가 적혀 있다. 그리고 드디어 성모 마리아의 모습이. 아름답고 사랑스러우시며 경건하신 분, 화가가 모델로 삼았던 여

---

* 해방전쟁 : 1813년부터 1815년까지 나폴레옹에 대항하여 프로이센과 러시아가 벌인 전쟁이다.

인을 내가 찾을 수만 있다면 기꺼이 그녀를 아내로 삼고 싶다. 성모 마리아를 닮은 여인과 결혼한다면 그녀에게 간곡하게 부탁할지도 모른다. 제발 성령과 어울리지 말라고. 아내의 중재로 내 머리가 성스러운 빛으로, 또는 그 밖의 다른 어떤 것으로 장식되는 일을 나는 절대로 반기지 않을 것이다.

커피를 마시고, 옷을 입으며, 창유리에 끼적거려 놓은 것들을 읽고 방 안을 정돈해 놓은 다음 나는 오스테로데를 떠났다.

이 도시에는 집들이 정말 많다. 다양한 사람들이 살겠고, 그들의 영혼도 고트샬크가 《하르츠 여행 안내서》*에 자세하게 적어 놓은 것처럼 짐작하기 어렵겠지. 국도로 걸음을 옮기기 전에 나는 폐허가 돼 버린 고색창연한 오스테로데성을 방문했다. 마치 가재가 집게발로 먹이를 해치

---

*《하르츠 여행 안내서》: 1806년 출판된 프리드리히 고트샬크(Friedrich K. Gottschalk, 1772~1854)의 책으로 원제는 'Taschenbuch für Reisende in den Harz'이다.

운 듯 거대하고 두꺼운 벽체로 이루어진 성은 반 정도만 남아 있었다. 클라우스탈로 향한 길은 다시 오르막이었다. 나는 첫 번째 고개에서 계곡 아래로 우거진 초록색 전나무 숲 사이, 마치 이끼 장미처럼 살짝 고개를 든 붉은 지붕의 사랑스러운 오스테로데를 다시 한번 내려다보았다. 태양이 다정하고 천진난만한 얼굴로 세상을 밝히는 가운데 반쯤 남은 성곽 뒷면의 위풍당당한 모습이 인상적이었다.

이곳에는 성곽이 많다. 그중에서 뇌르텐 근처의 하르덴베르크가 가장 아름답다. 당연한 거지만, 심장이 왼쪽에 있는 사람일지라도, 또한 진보주의자일지라도, 연약한 새끼들에게 왕성한 식욕만 물려준 멋진 맹금류가 서식했던 이 계곡의 보금자리를 한 번 보게 된다면, 샘솟는 구슬픈 감정을 억제할 수 없을 것이다. 오늘 아침이 그렇다. 내 심정이 그렇다. 괴팅겐에서 멀리 떨어질수록, 조금씩 나의 내면에 차오르는 낭만적 정서를 다시 느낄 수 있다. 여행 중에 쓴 다음의 시를 보기 바란다.

날아올라라, 오래도록 품었던 꿈들!
활짝 열어라, 가슴의 문을!
시를 쓰며 맛보는 희열, 우수에 젖어 흘리는 눈물이

마음속 강이 되어 흐르는구나.

전나무 숲 사이를 헤매련다,
샘물이 싱싱하게 샘솟고,
뿔사슴이 거만하게 활보하며,
지빠귀가 귀엽게 노래하는 곳.

산에 오르련다,
깎아지른 절벽 끝에,
그곳은 잔해가 되어 남은 잿빛 성곽이
아침 빛을 받아 밝게 빛나는 곳.

그곳에 자리 잡고 가만히 앉으리라,
옛날 모습을 생각하며,
한때 번성했지만
찬란한 순간들을 놓치고 만 족속들.

이제는 풀로 덮인 마상 경기장,
사나이들이 당당하게 싸우던 곳,
빼어난 솜씨의 기사들을 물리친 이가
승리의 포상을 받던 곳.

담쟁이가 넝쿨진 발코니에
선 아름다운 여인,
거만한 모습으로 다가온 승리자는
그녀의 눈길을 끌지 못하네.

아! 승리를 거머쥔 남자와 여자이건만
죽음의 손길을 피할 수 없네―
큰 낫을 든 말라비틀어진 기사
우리를 베어 땅에 넘어뜨리고 마네.

한동안 길을 걸은 후였다. 나는 여행 중인 수공업자들을 만났다. 브라운슈바이크에서 왔다면서 그들은 나에게 그 도시에 떠도는 소문을 들려주었다. 젊은 공작 하나가 약속의 땅으로 향하는 도중에 터키 사람들에게 사로잡혔는데, 몸값을 지급하지 않으면 풀려나지 못할 것이라는 이야기였다. 젊은 공작이 위험천만한 이 여행을 감행한 것은 전설 때문이었다. 사람들은 '에른스트 공작님'이라는 매우 감미로운 표현을 쓰면서 예스럽고 멋진 생각을 여전히 하고 있었다. 이야기를 지은 사람은 수습 재단사였다. 귀엽고 작은 키의 젊은 그는 너무나 날쌔서 오시안'의 안개 속 정령처럼 별빛이 몸을 관통할 수 있을 것이다. 대체로 이 이야기는 희극과 비극이 뒤섞인 바로크풍의 토속적인 내용으로, 특히 다음과 같은 아름다운 민요가 삽입되어 감흥을 절로 느낄 수 있다.

"풍뎅이 한 마리가 담장 위에 앉아 있네, 붕붕!"

이것은 우리 독일인들의 유쾌한 특징이다. 그렇게 미친 사람은 없지만, 그를 이해해 줄 더 미친 동료를 찾을 수는 있을 것이다. 이 노래에 공감하고 포복절도하며 슬퍼할 수 있는 단 한 사람의 독일인이 있다는 것이다. 얼마나 괴테의 단어들이 민족의 삶에 깊숙이 파고들었는지를 여기서도 알 수 있다. 함께 길을 걷던 빼빼 마른 친구가 떨리는 소리로 노래했다.

"고통에 찌들거나 희망에 부풀어도, 생각은 자유라네!"

이런 식으로 가사를 변조하는 것은 이 민족에게는 흔한 일이다. 그는 이런 노래도 불렀다. 베르테르의 무덤을 찾은 로테에 관한 것이었다.* 수습 재단사는 다음 가사를

---

* 오시안: 고대 켈트족의 전설적인 시인이다.
* 요한 볼프랑 폰 괴테(Johann Wolfgang von Goethe, 1749~1832)의 1774년 작 《젊은 베르테르의 슬픔(Die Leiden des jungen Werthers)》

읊으며 감정에 복받쳐 울음을 터뜨렸다.

"늦은 밤 달이 우리의 속삭임을 엿듣던 장미 밭에서 나는 외로이 눈물을 흘리네! 사랑의 희열을 맛보았던 맑은 샘터에서 나는 한탄하며 슬픔에 빠졌네."

그러더니 그는 나를 놀리듯 이런 말을 했다.

"카셀에 있는 여인숙에 프로이센 사람이 하나 있는데, 그가 바로 이 노래를 만든 장본인이지요. 그 친구 바느질 솜씨는 좋지 않아요. 주머니에는 1그로셴만 있지만, 갈증을 달래기 위해서는 2그로셴이 필요하고, 슬픔에 빠지면 하늘은 그에게 이제 푸른 저고리가 되죠. 그가 울면 눈물은 처마 낙숫물받이의 물처럼 흐릅니다. 그런 상태에서 부르면 노래의 시적 분위기는 두 배가 되죠!"

마지막으로 던진 그의 말에 대한 설명을 내가 부탁하자, 마디 많은 지팡이같이 가늘고 곧지 않은 다리를 가진 수습 재단사는 이리저리 껑충껑충 뛰며 쉬지 않고 소리쳤다.

"두 배로 분위기가 된다는 것은 두 배로 분위기 있는 시

을 말한다. 괴테의 서간체 소설로 질풍노도기의 대표작이다.

가 된다는 것!"

마침내 나는 그것이 두 개의 각운을 사용한 시, 즉 스탠자*인 걸 눈치챘다. 그사이 큰 동작을 시도하고 맞바람도 불어서인지 바늘처럼 가는 몸의 기사는 녹초가 되고 말았다. 그래도 그는 위풍당당한 모습으로 걸음을 옮기며 다음과 같이 허풍을 떨었다.

"이제부터 나는 쉬지 않고 빨리 걸음을 걷도록 하겠습니다!"

하지만 얼마 지나지 않아 그는 발바닥에 물집이 잡혔다면서 세상은 너무나 넓다고 투덜거리더니 옆에 있던 나무 그루터기에 털썩 걸터앉았다. 연약한 그의 작은 머리가 초라한 양의 꼬리처럼 흔들렸다. 애처롭게 미소 지으며 그가 말했다.

"썩은 고기와 다름없어. 완전히 지쳐 버렸군!"

고개는 이곳에서 더 가팔라졌다. 아래 전나무 숲은 녹색의 파도가 넘실대듯 흔들거렸고, 푸른 하늘에는 하얀 구

---

* 스탠자 : 일정한 운율을 갖는 시의 단위로 절 또는 연을 이르는 말이다.

름이 항해하듯 흘러가고 있었다. 원래 거친 본성을 가지고 있지만, 자연은 이곳에서 통일되고 단순해지도록 자신을 억제하고 있지 않을까. 무릇 훌륭한 시인이 그러하듯 자연은 급격한 변화를 좋아하지 않는다. 때론 기이한 형상을 빚어내기도 하지만, 하얀색 또는 온화한 색깔의 옷을 입은 구름은 푸른 하늘과 녹색의 대지와 조화를 이루며 어우러지기 마련인데, 이곳에서 볼 수 있는 자연의 색들은 은은한 음악처럼 서로에게 녹아들고 있지 않은가. 자연을 바라보면 어지러웠던 마음이 진정되고 기분이 좋아진다. ─작고한 시인 호프만*이라면 이 구름을 다양한 색들로 형상화했겠지만─위대한 시인과 마찬가지로 자연은 최소의 수단으로 엄청난 효과를 거둔다. 존재하는 건 태양, 나무, 꽃, 물뿐. 물론 이러한 자연을 관찰하는 자의 애정이 여기에 빠져 있긴 하지. 있는 그대로만 본다면, 자연은 그렇게 아름다운 모습은 아닐지 모른다. 태양은 직경이 수 마일에 달하는 붙박이별*에 불과하고, 나무는 땔감으로

* 호프만 : 독일 후기 낭만주의의 작가이자 작곡가 E. T. A. 호프만(Ernst Theodor Amadeus Hoffmann, 1776~1822)을 말한다.
* 붙박이별 : 항성을 말한다.

좋으며, 꽃은 실처럼 가는 섬유로 분류되고, 물은 축축한 것에 불과하다.

몸이 불편한 숙부에게 가져다줄 마른 잔가지들을 찾던 어린 소년이 나에게 레어바흐 마을 위치를 알려 주었다. 회색 지붕의 작은 오두막들은 계곡을 따라 30분을 걸어야 그 끝에 이를 정도로 길게 뻗어 있었다. 소년이 말했다.
 "그곳에는 바보 같은 크레틴병* 환자와 하얀색 피부의 무어족이 살고 있어요."
 후자는 흔히 사람들이 알비노*라고 부르는 사람들을 의미하는 것 같았다. 어린 소년은 나무들과 사이가 좋은 것 같았다. 잘 아는 사람을 대하듯 그가 인사말을 보내면, 나무들은 쏴쏴 소리를 내며 인사말에 화답하는 것 같았다. 방울새처럼 그가 휘파람을 불면, 주위의 새들이 지저귀며 대답했다. 내가 그를 시야에서 놓치기 전에 벌써 맨발의 소년은 잔가지 더미를 안고 우거진 숲속으로 사라졌

---

* 크레틴병 : 선천성 갑상선 기능 저하로 육체적, 정신적 발달장애를 일으키는 만성질환이다.
* 알비노 : 선천성 백피증 환자다.

다. 나는 우리보다 나이를 덜 먹은 어린이들은 자신들이 나무 또는 새였다는 사실을 기억할 수 있을 거라는 생각이 들었다. 그래서 나무나 새들과 잘 지낼 수 있는 것이다. 하지만 우리는 이미 나이를 먹었고 걱정거리가 많으며 머릿속에는 법률용어나 어설픈 시구만 들어 있을 뿐이다. 지금과는 다른 시절에 가 본 적이 있는 클라우스탈에 관한 기억이 생생하다. 그 앞에 서기 전까지는 전체의 모습을 미리 볼 수 없는 앙증맞도록 작은 이 도시에 내가 도착했을 때, 종소리는 12시를 가리키고 어린이들이 소리치며 학교에서 우르르 쏟아져 나오고 있었다. 거의 대다수가 붉은 뺨과 푸른 눈을 가지고 있고, 아마 머리를 하고 있던 귀여운 어린이들이 깡충깡충 뛰어다니면서 소리 지르는 모습을 보니 뒤셀도르프에서 보냈던 소년기의 내 모습이 생각났다. 나는 가톨릭 수도원 부속학교의 숨 막히는 분위기 속에서 오전 내내 딱딱한 나무 의자에 앉아 일어서지도 못한 채 라틴어, 지리, 그리고 회초리를 견뎌야만 했다. 그러다가 프란체스코 수도원의 종소리가 마침내 12시를 가리키면, 기쁨과 환호가 걷잡을 수 없이 터져 나왔다. 어린이들은 배낭을 멘 내가 낯선 사람이라는 것을 알고서는 손님을 대하듯 친절하게 인사를 건넸다. 그중 한 소년은 종교 수업을 받으러 가는 길이라면서 나에게 하노버 왕실에서 만든 교리 문답서를 보여 주었다. 그 책으로 기독교의 본질과 요소들에 관한 시험을 본다고도 했다. 그런데 책의 인쇄 상태가 형편없었다. 신앙을 갖도록 만드는 가르침이 잉크를 흡수하는 보잘것없는 압지처럼 어린이들의 심성에 불쾌한 인상을 남기지나 않을까 나는 염려가 되었다. 게다가 마음에 들지 않은 것은, 성스러운 삼위일체론과 분명한 모순 관계에 있는 구구단이 바로 문답 교리서 안, 가장 마지막 페이지들에 있다는 사실이었다. 바로 이것 때문에 어린이들은 너무 이르게 죄악과 다름없는 의심으로 이끌릴 수 있다. 하지만 프로이센에 사는 우리는 훨씬 현명한 사람들이다. 계산에 능한 사람들*을 개종시키기 위해 애를 쓸 때 구구단을 문답 교리서 뒤에 싣지 않도록 주의해야 할 것이다.

클라우스탈에서 나는 크로네로 불리는 여관에 머물렀다. 그곳에서 나는 신록의 계절을 상징하듯 파슬리 고명을 얹은 수프와 보라색 배추, 그리고 작게 축소된 침모라

---

* 유대인을 의미한다.

소* 모양의 송아지고기 구이와 처음 발견한 사람의 이름을 딴 뷔클링이라는 청어 요리를 맛보았는데, 1447년에 죽은 빌헬름 뷔클링은 이 생선을 발견한 것 때문에 빌헬름 폰 카를 5세가 존경하는 인물이 되었고, 이 위대한 남자가 묻힌 무덤을 보기 위해 황제는 몸소 미델부르크에서 덴마크의 셀란섬까지 찾아가기도 했다. 이러한 역사적 배경을 알고 이 요리를 맛본다면 맛은 더욱 배가될 것이다. 그러나 아쉽게도 식사 후에 제공된 커피는 그렇지 않았다. 어떤 젊은이가 내 곁에 앉더니 시끄럽게 수다를 떨었는데 내 테이블 위 우유에서도 신맛이 났기 때문이다. 그는 스물다섯 가지나 되는 화려한 색상의 조끼를 입고 금도금한 인장, 반지, 넥타이핀 등으로 치장한 젊은 수습 상인이었다. 그 모습은 붉은 재킷을 입고 경력을 떠벌리고 다니는 원숭이와 다름없었다. 옷이 날개라 했던가. 수수께끼, 그리고 그것이 잘 먹히지 않을 때 써먹을 수 있는 일화들을 그는 잘 알고 있었다. 괴팅겐에서 들을 수 있는 새로운 소식은

---

* 침모라소 : 안데스산맥의 성층 화산으로 에콰도르에서 가장 높은 산이다.

없냐면서 그가 나에게 질문을 던졌을 때 나는 이렇게 말해주었다. 내가 그곳을 떠나기 전에 학술원 원로들이 개 꼬리를 자르는 자에게 3탈러의 벌금형을 물리는 법을 제정했는데, 무더운 여름이면 광견병에 걸린 개들이 다리 사이로 꼬리를 감추고 다녔기 때문에 그러지 않은 개들과 구별하기 쉽지 않아서 꼬리가 없을 때 일어날 수 있는 일은 절대로 일어나지 않았다는 내용의 이야기였다. 식사를 마친 후 나는 다시 길을 떠나 다음 목적지인 광산과 은 정련소, 이어 조폐국으로 향했다. 살면서 종종 그런 적이 있었지만, 은 정련소에서 나는 내 눈이 사시가 되어 아쉬웠다. 하지만 조폐국에서는 훨씬 좋았다. 돈이 만들어지는 과정을 분명히 볼 수 있었기 때문이다. 물론 그렇다고 그 이상을 내가 할 수 있었다는 이야기는 아니다. 나는 그저 관찰자에 불과했다. 만일 하늘에서 탈러가 비처럼 떨어진다면, 내가 얻을 것은 돈이 머리에 떨어져 생긴 구멍일 것이다. 이스라엘의 자손들은 은으로 만든 만나를 신이 나서 모으겠지만 말이다.* 경외감과 감동이 기묘하게 뒤섞이는 가

---

* 여기에서 하이네는 〈출애굽기〉 16장에 등장하는 이야기, 즉 사막에서

운데 나는 주조기로부터 이제 갓 태어난 반짝거리는 탈러 하나를 손으로 집었다. 그리고 말했다. 어린 탈러야! 어떤 운명이 너를 기다리고 있을까! 너로 인해 선행이 행해지고, 또한 사악한 일이 일어날까! 너로 인해 재앙이 닥치고 덕행은 무용지물이 될 것인가! 처음에 너는 사랑을 받겠지만, 이어 저주가 네게 내릴 것이다! 너는 향락과 타락에 빠지고, 거짓을 일삼으며, 살인을 방조할 것이다! 너는 이리저리 깨끗한 손과 더러운 손에 의해 쉼 없이 옮겨 다닐 것이다. 수백 년의 세월 동안 허물과 죄에 찌든 네가 아브라함의 품 안에 있는 다른 너희 족속과 함께 만날 때까지. 아브라함은 너를 녹이고 정련하여 더 나은 새로운 존재로 재탄생시킬 것이다. 어쩌면 내 후예가 될 아기에게 달콤하고 걸쭉한 죽을 떠먹여 줄 순진무구한 찻숟가락으로 네가 태어날지도 모른다.

　도로테아와 카롤리나가 있는 클라우스탈의 매우 유명

방황하는 이스라엘 민족이 하늘로부터 떨어진 신비의 양식인 만나를 받아먹는 이야기를 빗대면서 유대인의 물질적 탐욕을 풍자하고 있다.

한 광산에 갔던 이야기도 재미있으리라 생각한다. 그래서 나는 상세하게 그 이야기를 해 보려 한다.

클라우스탈에서 30분 정도 떨어진 곳에 두 개의 거대한 검은 건물이 있었다. 곧 광부들이 보였다. 그들은 보통은 강청색이지만 어두운 색상의 품이 넉넉하고 배까지 내려오는 재킷을 입고 있었다. 바지도 비슷한 색깔이었다. 바지 위로 허리끈이 뒤에 달린 가죽으로 된 치마를 입은 그들의 머리에는 작은 초록색 펠트 모자가 씌워져 있었는데, 마치 밑면이 잘린 원뿔 같았다. 방문객 역시 가죽으로 댄 엉덩이받이가 없는 옷을 입었고, 갱내용 안전등에 불을 붙인 광부가 어두운 탄광 입구로 우리를 안내했다. 굴뚝을 청소하는 구멍처럼 생긴 입구는 가슴 높이만큼 내려가는 곳이었다. 갱부장은 몇 가지 규칙을 알려 주었다. 사다리를 단단히 잡으라는 것, 그리고 두려워하지 말고 따라오라는 것이었다. 이것 자체는 위험하다고 말할 수 없는 것이었다. 그러나 광산이라는 것에 관해 아무것도 알지 못하는 상태라면, 위험하지 않다는 말을 사람들은 믿지 않을 것이다. 또한 어두운 색의 죄수복으로 갈아입었다는 기이한 느낌도 들 것이다. 이제 동물처럼 네 발로 사다리를 타고 내려가야만 했다. 입구가 너무나 어두운 나머지 사다리 길이가 얼마나 되는지는 하느님만이 알고 있을 것 같았다. 하지만 어두운 영원의 심연으로 내려가는 사다리가 이것만이 아니고 열다섯 개에서 스무 개 정도가 더 있다는 것을 곧 깨달았다. 각각의 사다리에 작은 나무판자가 설치되어 있었고, 그 위로 사람들이 서서 다시 다른 구멍 안으로 들어가 또 다른 사다리를 이용해 아래로 내려갈 수 있었다. 나는 제일 먼저 카롤리나라고 불리는 갱도 안으로 들어갔다. 내가 이제까지 알았던 카롤리나 중에 가장 더럽고 불쾌한 것이었다. 사다리는 온통 진흙투성이였고 축축했다. 사다리를 옮겨 가며 나는 아래로 내려갔다. 그 사이에도 앞장을 선 갱부장은 전혀 위험하지 않다는 말을 반복해서 했다. 손으로 사다리를 꽉 잡을 것, 그리고 절대로 발밑을 쳐다보지 말 것, 그렇게 해야 현기증을 느끼지 않는다는 것, 그리고 윙윙거리는 소리와 함께 위로 올라오는 통 운반 밧줄에 설치된 발판에 올라서지 말라는 말도 했다. 14일 전쯤에 조심성 없는 어떤 사람이 밑으로 떨어져서 유감스럽게도 목이 부러졌다는 것이었다. 밑에서 어지러울 정도로 시끄럽게 윙윙대는 소리가 들려왔다. 각목 그리고 광석 또는 갱도 안에서 뚝뚝 떨어진 물을 실은 통들을 위로 운반하기 위해 흔들거리며 올라오는 밧줄에 나는 끊임없이 부딪쳤다. 이따금 장애물이 제거되어 탁 트인 지하 통로로 불리는 복도가 나타났다. 광석이 형성되는 것을 볼 수 있고, 광부가 온종일 외롭게 앉아 망치로 힘겹게 벽을 부수어 광석 조각을 캐는 곳이었다. 가장 아래, 미국에 있는 사람들이 만세, 라파예트!라고 외치는 소리를 들을 수 있다고 사람들이 주장하는 가장 깊은 곳까지 나는 가지 않았다. 솔직히 말하자면, 내가 가 본 그곳이 나에겐 이미 충분히 깊은 곳이라는 생각이 들었다. 끊임없이 들려오는 윙윙 소리, 스산한 분위기를 자아내는 기계의 움직임, 지하의 샘에 똑똑 떨어지는 물소리, 사면 벽을 통해 떨어지는 물, 자욱한 연기가 되어 위로 솟구치는 흙먼지, 희미하게 깜박거리는 갱도의 빛만이 외롭게 어두운 밤을 비추고 있었다. 정말이다. 마비라도 된 것 같았다. 숨쉬기 어려운 나머지 나는 간신히 미끈거리는 사다리에 달라붙어 있었다. 두려움을 느끼지는 않았다. 하지만 이상하게도, 그곳 깊은 곳에서 대략 작년 비슷한 시기에 북해에서 경험했던 폭풍에 대한 기억이 머릿속에 떠올랐다. 지금도 그렇다고 말할 수 있지만, 배가 시소를 타듯 이리저리 흔들렸지만 나는 기분이 좋았다. 거친 바람 소리는 트럼펫을 연주하는 것 같았고, 중간중간 들리는 선원들의 외침은 경쾌했다. 애정이 깃들고 자유로운 주님께서 주신 바람, 그렇다, 바람으로 모든 것이 전율하는 것을 느낄 수 있지 않은가! 호흡을 가다듬고 나는 다시 사다리를 잡고 수십 개의 발판을 올라 높은 곳으로 올라왔다. 갱부장의 안내에 따라 이미 채굴을 마친 좁고 매우 긴 갱도를 따라 나는 도로테아 갱내로 들어왔다. 숨쉬기가 훨씬 편했고 공기도 신선한 곳이었다. 사다리도 훨씬 깨끗했다. 그러나 카롤리나보다 더 길고 가팔랐다. 이곳에 오니 용기도 샘솟았다. 무엇보다 살아 있는 사람들의 흔적을 발견할 수 있었기 때문이다. 깊은 곳에서 미세하게 불빛이 반짝였다. 갱내용 안전등을 든 광부들이 "글뤽아우프!"*라고 인사를 보내고 같은 인사말로 화답하는 사람들을 스치며 위로 천천히 올라갔다. 나는 익숙하고 편안하면서도 괴롭히듯 수수께끼같이 머릿속에 떠오르는 기억 같은, 어둡고 고독한 갱도 안에서 온종일 일한 후 밝게 빛나는 태양 빛, 아내와 아이들을 그리워하며 위로 향하는 남자들의 생각에 잠긴 듯 투명하고, 진지하면서도 약간은 창백한 눈빛의, 갱내 안전등에 의해 비밀에 찬 모습으로 빛나는 젊거

---

* 글뤽아우프(Glückauf)는 독일 광부들이 무사 귀환을 기원하며 건네는 인사말이다.

나 늙은 남자들의 시선과 마주쳤다.

여행 안내자인 갱부장은 매우 정직하고 전형적인 독일인의 성품을 가진 사람이었다. 이곳을 방문한 캠브리지 공국 왕이 함께 왔던 사람들과 식사했던 곳을 나에게 소개할 때 그는 진심으로 기뻐하는 것 같았다. 그곳에는 기다란 나무 식탁이 놓여 있었고 공국 왕이 앉았던 금속으로 만든 커다란 의자도 있었다. 이 마음씨 좋은 광부에게 공국 왕은 영원토록 기억할 만한 존재였다. 축제 분위기 속에 연회가 열렸던 당시의 모습을 그는 열띤 목소리로 나에게 설명했다. 지하 통로는 등불로 밝혀졌고, 꽃과 잎으로 치장되었으며, 광부들은 치터를 연주하고 노래를 불렀다. 기분이 좋아진 사랑스럽고 뚱뚱한 공국 왕은 여러 번 건강을 기원하며 술잔을 들었다. 갱부장은 자기를 포함한 광부들이 이 사랑스럽고 뚱뚱한 공국 왕과 하노버 가문을 위해 기꺼이 맞아 죽을 수 있다고 말했다. 나는 소박하고 꾸밈없는 목소리로 이렇게 왕에게 순종하는 마음을 읊는 사람들을 볼 때마다 감동에 젖는다. 얼마나 아름다운 감정인가! 이것이야말로 진정한 독일적인 감정이 아니겠는가! 다른 민족들은 독일 민족보다 더 세련되고 재치 있으며 유쾌할지도 모른다. 그러나 독일 민족만큼 충성스러운 민족은 없을 것이다. 충성이라고 하는 것이 세계의 역사만큼이나 오래된 것인지는 모르겠지만, 충성이라는 개념을 만든 것은 독일 민족의 가슴이라고 생각한다. 독일적 순종, 충성! 이 문구는 오래전부터 존재해 왔다. 독일인들은 궁정을 위해, 독일 군주들을 위해, 사랑하는 제 아이들을 죽도록 놔두고 군주에 대한 신의를 지켰던 에크하르트와 사악한 부르군트*에 관한 노래를 불렀다. 가장 충성스러운 민족, 독자 여러분은 늙고 얌전한 개가 갑자기 미쳐서 여러분들의 순결한 장딴지를 물어 버릴 것이라고 절대로 믿지 않을 것이다. 이 독일적인 순종처럼 작은 갱도 안전등은 흔들림 없이 조용히 그리고 안전하게 우리를 미로 같은 갱도의 층과 통로로 인도했다. 그리고 마침내 우리는 후덥지근하고 어두운 밤 같은 광산에서 밖으로 나왔다. 태양이 화창하게 빛나는 바깥으로―글뤽아우프!

---

* 부르군트 : 독일 낭만주의 작가 루트비히 티크(Ludwig Tieck, 1773~1853)의 1799년도 소설 《충성스러운 에크하르트와 탄호이저(Der getreue Eckhart und der Tannhäuser)》에 등장하는 인물들이다. 에크하르트는 전쟁에서 군주인 부르군트의 생명을 구하고 첫째 아들을 잃는다. 부르군트는 에크하르트가 유명해지자 이를 시기해 나머지 아들들도 위험에 빠트린다.

대다수 광부는 클라우스탈과 인접한 작은 광산 도시인 첼러펠트에 산다. 나는 근면한 그들의 집을 방문하고 살림살이를 살펴보았으며 제일 좋아하는 악기인 치터의 반주에 맞추어 그들이 노래 부르는 것을 들었다. 그들은 나에게 광산에 얽힌 동화를 들려주고 수직 갱도로 내려가기 전 다른 사람들과 함께 드리곤 했던 기도문을 알려 주었으며, 나 역시 이 좋은 기도문을 함께 읽으며 광부들의 안전을 기원했다. 어느 늙은 갱부장 한 사람은 내가 그들 곁에 남아 광부가 되어야 한다고 말하기도 했다. 그곳을 떠나려 하자, 그는 고슬라 근처에 사는 형제와 아끼는 조카들에게 사랑을 가득 담은 안부 인사를 전해 달라고 했다.

그들의 삶은 변화 없는 정체된 것처럼 보일 수 있다. 그러나 이런 삶이야말로 진실하고 활력적이지 않은가. 큰 장롱 건너편 난로를 등지고 앉은 고령의 몸을 떠는 부인은 아마도 4반세기 넘게 그 자리에 그대로 앉아 있었을 거다. 그녀의 생각과 감정은 난로의 구석구석, 그리고 장롱을 짜 맞춘 나무 조각들과 내적으로 연결되어 있을 것이다. 장롱과 난로는 생명을 가지고 있다. 영혼의 일부분을 사람이 불어넣었기 때문이다.

오직 깊은 관조적인 삶을 통해서만, 매개물 없이 있는 그대로의 직접성을 통해서만, 동물과 식물뿐 아니라 생명이 없는 것처럼 보이는 모든 것이 말하고 움직이는, 그러한 특징의 독일 동화가 만들어질 수 있다. 산 또는 들에서 나지막한 지붕의 고요하고 평화가 깃든 집을 짓고 사는 감성적이고 순진한 민족에게서 그러한 내적인 삶이 발현되기 마련이다. 원인과 결과가 분명한 필연성과 매사에 조심하며 부족함이 없는 완벽함은 그러한 삶의 특징이지만, 그것에는 상상의 나래를 펼칠 수 있는 심성과 인간적이라고 할 수 있는 순수한 성향도 절묘하게 섞여 있다. 동화 속에서 그런 것을 찾아보자. 신기하지만, 당연한 것 같다. 바늘과 핀이 재단사의 집에서 걸어 나오고 어둠 속에서 길을 잃는다. 지푸라기와 숯이 시냇물을 건너려 하지만 사고를 당하고 만다. 계단에 서 있는 삽과 빗자루가 격렬하게 싸움을 벌인다. 질문을 받은 거울이 이 세상에서 가장 아름다운 여인의 모습을 보여 준다. 심지어 뚝뚝 떨어지는 핏방울도 두렵고 우울한 어조로 가련하다는 듯 동정의 말을 하기 시작한다. 그래서 어렸을 때의 체험은 매우 중요하다. 그 시기에는 모든 것이 똑같이 중요하다고 생각하고, 모든 것을 듣고 보며 편견 없이 느낄 수 있다. 성장하고 나면 우린 의도를 가지고 행동하지 않는가. 세세한 것들에 몰두하고, 황금처럼 고귀한 가치를 지닌 직관의 능력을 책들이 정의해 준 지폐와 바꿔치기 한다. 삶의 영역은 넓어지지만, 깊이는 잃고 만다. 우리는 이제 충분히 성장했다. 훌륭한 사람이 되었다. 종종 새집으로 이사하고, 하녀는 매일 집을 청소하며, 관심이 덜 가는 가구들의 위치를 제멋대로 바꾼다. 가구들은 새것이거나, 아니면 오늘은 이 사람 것이겠지만, 내일은 또 다른 사람의 소유가 될 것이다. 매일 입는 옷들도 낯설게 느껴진다. 방금 입은 그 옷에 단추가 몇 개 달려 있는지 우리는 알지 못한다. 가능한 한 자주 우리는 옷들을 교체한다. 옷들은 우리의 이런저런 삶의 이야기와 아무런 관련을 맺지 못한다. 언젠가 사람들을 웃도록 만든 갈색 조끼가 어떻게 생겼는지 우리는 기억조차 하지 못한다. 그 널찍한 폭의 줄무늬 옷에 연인의 사랑스러운 손길이 애무하듯 머물렀었건만! 커다란 장롱 건너편 난로 뒤에 앉은 노부인은 꽃무늬의 해어진 천으로 만든 옷을 입고 있었다. 돌아가신 어머니로부터 물려받은 결혼 예복이었다. 증손자, 광부 옷을 입은 금발의 반짝거리는 눈을 가진 소년이 곁에 앉아 할머니 옷에 있는 꽃들을 세고 있었다. 아마도 할머니는 증손자에게 옷에 얽힌 많은 이야기를 해 주었을 것이다. 어떤 이야기들은 너무나 멋진 것이기에 어린 소년은 잊지 않고, 후에도 종종 그의 머릿속에 떠오른다. 특히 성인 남성이 되어 카롤리나 갱도의 어두운 지하 통로 안에서 홀로 일할 때 말이다. 사랑하는 할머니가 돌아가시면, 이제 그가 그 이야기들을 할 것이다. 소년도 은빛 머리의 기력이 쇠한 노인이 되어 손자들에 둘러싸여 커다란 장롱 건너편 난로 뒤에 앉을 것이다.

나는 그날 밤 크로네 호텔에 머물렀다. 추밀 고문관 B도 그사이 도착했다. 이 노신사를 예방하는 것이 나에게는 큰 기쁨이었다. 숙박부에 내 이름을 적다가 7월 투숙객 명단을 살펴볼 기회가 있었는데, 그때 나는 불멸의 슐레밀 전기를 쓴 아델베르트 폰 샤미소*라는 이름이 있는 걸 발견했다. 호텔 주인은 시인이 이루 말할 수 없을 정도로 고약한 날씨 속에 호텔에 도착했고, 마찬가지로 고약한 날씨

---

* 아델베르트 폰 샤미소(Adelbert von Chamisso, 1781~1838)는 프랑스 귀족 출신으로 독일 낭만주의 문학을 대표하는 시인이자 식물학자다. 대표작으로 《페터 슐레밀의 놀라운 이야기(Peter Schlemihls wundersame Geschichte)》(1813)가 있다.

속에 다시 떠났다고 했다.

 다음 날 아침 배낭의 무게를 덜어 내지 않을 수 없었던 나는 묶어 두었던 한 켤레의 장화를 선반 위에 던져 버리고 고슬라를 향해 출발했다. 무작정 길을 떠났기 때문에 기억나는 것은 많지 않지만, 어슬렁거리는 걸음으로 산을 오르락내리락하며 아래로 펼쳐진 아름다운 푸른 골짜기를 바라보았던 것 같다. 졸졸 시냇물 소리, 들을 나는 새들의 사랑스러운 지저귐, 가축의 목에 단 방울 소리, 초록으로 덮인 여러 종류의 나무들은 태양의 고운 빛을 받아 황금색으로 빛났다. 푸른 비단으로 덮인 듯 청명한 하늘이 너무나 투명한 나머지 천사들을 거느리고 앉으신 전능하신 주님을 본 것 같았고, 그분의 표정을 읽으며 통주저음으로 지속되는 말씀의 의미를 찾을 수 있을 것 같았다. 그러나 나는 아직도 지난밤의 꿈에 갇혀 있었다. 내 영혼에서 쫓아낼 수 없던 그것은, 마녀의 저주로 아름다운 공주가 영원히 잠을 자게 되었는데, 그녀가 있는 우물 안 깊은 곳으로 한 기사가 내려간다는 내용의 옛 동화였다. 기사는 바로 나였다. 그리고 우물은 클라우스탈의 광산. 갑자기 수많은 빛줄기가 쏟아졌고, 벽의 작은 구멍들에서 주위를 경계하던 난쟁이들이 몰려들었다. 화가 잔뜩 난 얼굴이었다. 짧은 칼로 나를 위협하면서 그들은 요란하게 나팔을 불었다. 그러자 더 많은 난쟁이가 허둥지둥 달려왔다. 놀란 듯 그들의 넓적한 머리가 요동쳤다. 곧바로 내가 때리자 피가 흘러내렸다. 그런데 그것은 하루 전 길을 걷다가 내가 지팡이로 쳐서 떼어 낸 긴 수염이 달린 붉은 엉겅퀴였다. 그들을 위협하여 쫓아 버린 나는 환하고 호사스럽게 치장된 어느 큰 방으로 들어갔다. 방 가운데, 움직이지 않는 조각상처럼 사랑하는 그녀가 흰 베일에 덮인 채 누워 있었다. 나는 그녀와 입을 맞추었다. 그런데, 하느님 맙소사! 공주가 행복한 듯 숨을 내쉬더니 그 귀여운 입술이 미세하게 떨리는 것이 아닌가. 그 순간 나는 하느님이 외치시는 소리를 들은 것 같았다.

"빛이 있으라!"

하늘이 눈이 부시도록 환한 한 줄기의 영원한 빛을 내리쬐었다. 그러나 곧바로 다시 밤이 되고 말았다. 폭풍우가 몰아치는 혼돈의 바다였다. 거칠고 삭막한 바다! 요동치는 바다 위에서 악귀들이 바람에 나부끼는 흰색 수의를 입고 도망치는 죽은 이들을 뒤쫓고 있었다. 채찍을 들고 악귀들을 모는 자는 화려한 색상의 반점 무늬 옷을 입은 광대였다. 그건 바로 나였다. 그때였다. 갑작스레 시커먼 파도를 가르고 괴상하게 생긴 괴물 머리들이 나타나더니 발톱을 세우고 나를 향해 돌진했다. 너무 놀란 나는 잠에서 깼다.

세상에서 가장 아름다운 동화가 이처럼 망쳐질 수 있다니! 원래 기사는 잠자는 공주를 발견한 후 덮여 있는 베일을 잘라 내게 되어 있었다. 그리고 용감한 왕자에 의해 공주는 저주로부터 해방되고 왕자와 함께 왕궁으로 돌아가서 황금 의자에 앉으며 왕자는 이렇게 말해야 한다.
"세상에서 가장 아름다운 공주님, 저를 알아보시겠습니까?"
그러면 공주는 이렇게 대답한다.
"세상에서 가장 용감한 왕자님, 나는 당신을 알지 못합니다."
그러면 왕자는 잘라 낸 베일 조각을 그녀에게 보여 준다. 조각이 공주를 덮었던 베일의 잘린 곳과 일치한다는 것을 알게 된 후 두 사람은 뜨겁게 포옹한다. 이어 나팔 소리 우렁차게 울리며 결혼식이 거행된다.

내가 꾸는 사랑의 단꿈이 이처럼 아름다운 결말로 끝나는 경우가 드물다고 한다면, 그것은 내가 운이 없는 사람이라는 것을 의미하는 거겠지.

고슬라라고 하는 도시의 이름은 사람을 유쾌하게 만든다. 도시가 인상 깊고 화려할 것이라는 기대는 수많은 옛 황제에 대한 기억 때문이다. 정말 그렇다. 근처의 잘 알려진 것들을 보라! 집들은 대부분 미로와 같이 복잡하고 굽은 길에 위치하며, 작은 개천, 아마도 고세라고 불리는 지저분하고 증기가 피어오르는 시냇물이 도시를 관통하며 흐른다. 둥근 머릿돌로 포장된 도로는 어떠한가. 베를린 헥사메터*만큼이나 세련미 없이 울퉁불퉁하다. 이 도시를 매력적으로 느끼게 만드는 것이 있다면, 그건 도시를 둘러친 담, 즉 성벽의 잔해, 망루, 그리고 성가퀴로 장식된 요새 망루일 것이다. 망루 중 츠빙거라고 불리는 게 있다. 두꺼운 성벽 내부는 여러 공간으로 나뉘어 있다. 도시 앞으로는 넓고 아름다운 목초지가 있다. 그곳은 사격 연습장으로 활용되고 높은 산들에 빙 둘러싸였다. 반면 시장은 작다. 가운데에는 분수대가 있고 금속으로 만든 커다란 수조 안으로 물이 떨어진다. 화재가 발생하면 소리가

---

* 헥사메터(hexameter)는 6운각 시구 형식이다.

하르츠의 고슬라

멀리 퍼지기 때문에 수조를 두드린다고 하는데, 이 수조가 어디에서 왔는지는 아무도 모른다. 악마가 밤에 시장이 열리는 이곳에 갖다 두었다는 말이 있긴 하다. 당시 사람들은 여전히 아둔했고, 악마도 어리석었을 것이다. 그래서 서로들 선물을 주고받았을 것이다.

고슬라 시청은 위병소처럼 하얀색으로 칠을 한 보잘것

없는 건물이었다. 옆에 있는 조합 회관이 좀 더 나은 외관을 가지고 있었다. 땅과 지붕 사이 정중앙에는 독일 황제들의 조각상이 있다. 연기에 그을려 거무튀튀하지만, 부분적으로 도금칠이 되어 있었다. 황제들은 왕홀과 지구의를 들고 있다. 그런데 그 모습이 학문과 지식을 뽐내는 현학자 같다. 황제 중 하나는 왕홀 대신 검을 들고 있다. 그 차이가 무엇인지 나는 헤아리기 어렵지만, 분명히 어떤 의미가 있을 것이다. 그도 그럴 것이 독일인들에게는 행동하면서 늘 생각하는 이상한 습성이 있기 때문이다.

고트샬크의 책에서 고슬라에 있는 오래된 대성당과 유명한 황제의 옥좌에 관한 내용을 읽은 적이 있어서 나는 직접 그것들을 보려 했다. 그런데 대성당은 무너졌고, 옥좌는 베를린으로 보내졌다고 사람들이 말한다. 우리는 의미를 파악하기 어려운 시대에 살고 있다. 천년의 세월을 보낸 대성당은 무너졌고, 황제의 옥좌는 헛간에 던져졌다.

사라지고 없는 대성당의 진기한 물건들은 현재 마인츠의 성 스테판 대성당에 진열되어 있다. 아름다운 스테인드글라스, 조잡한 유화들―그것 중에는 크라나흐*의 작품도 있을 것이다―나무로 만든 십자가에 매달린 그리스도, 알 수 없는 금속으로 만든 이교도풍의 제단. 특히 제단은 길고 사각의 상자 모양을 하고 있고, 움츠린 자세의 카리아티드*가 손으로 머리 위의 상자를 받치고 있는데, 여인의 불쾌하고 혐오스러운 표정이 인상적이다. 하지만 그것보다 더 불쾌한 것은 그 옆에 있는, 앞에서 이미 언급했던 나무로 만든 거대한 십자가상이다. 진짜처럼 보이는 머리카락과 가시관, 그리고 피로 얼룩진 그리스도의 얼굴은 실로 죽어 가는 사람의 모습을 그야말로 탁월하게 보여 주고 있지만, 사람으로 태어난 신인 구세주의 모습은 아니었다. 말하자면 고통의 미학이 아니라 물질에 불과한 육체의 고통만이 십자가에 새겨져 있을 뿐이었다. 이런 모습은 성전이 아니라 차라리 해부학 교실에 더 어울릴 것이다. 나를 안내해 준 사람은 예술에 관해 조예가 깊은 여성

---

* 크라나흐 : 독일의 화가 루카스 크라나흐(Lucas Cranach, 1472~1553)를 가리킨다.
* 카리아티드 : 들보를 받치고 있는 여인상이다. 페르시아 전쟁에서 승리한 아테네가 페르시아에 부역한 카리아의 죄과를 후대에 전하기 위해 아테네 아크로폴리스에 있는 에렉테이온 신전의 지붕을 받치는 기둥을 카리아 여인들의 형상으로 만든 데서 온 말이다.

성당 관리인이었다. 그녀는 나에게 신호등처럼 성당 중앙에 매달려 있는 매우 희귀한 검은색 나무를 보여 주었다. 사각 형태의 대패질이 잘 되고 흰색의 숫자 조각을 덧붙인 것이었다. 오, 프로테스탄트교회의 이 놀랄 만한 발명의 재능을 보라! 도대체 누가 이것을 생각할 수 있다는 것인가! 나무 조각에 쓰인 숫자는 사람들이 흔히 분필로 검은 칠판에 적는 〈시편〉 번호였다. 사람들의 미적 감각을 증진하는 데 도움이 될 수도 있을 이 발명품은 교회를 장식하는 도구로도 쓰인다. 그러면서 라파엘 천사 그림이 없는 것에 대한 사람들의 아쉬움을 충분히 달래고 있다. 이러한 진보는 나를 매우 기쁘게 만든다. 프로테스탄트교인, 게다가 루터파교인인 나는 가톨릭교를 믿는 적들이 신이 떠난 듯 텅 빈 프로테스탄트교회 모습을 보고 조롱할 때마다 늘 울적했기 때문이다.

나는 시장 근처에 있는 여관에 투숙했다. 지나칠 정도로 기다란 얼굴의 주인이 지겹도록 나에게 질문을 퍼붓지 않았더라면 더 맛있게 점심을 먹었을 텐데. 그런데 그때 다른 여행객이 여관에 도착했고, 주인이 나에게 했던 같은 질문, 즉 누가? 무엇을? 어디에서? 어떤 도움으로? 어떻게? 왜? 어떻게? 언제?*와 같은 질문을 그에게 하면서 비로소 나는 해방될 수 있었다. 나이 지긋한 여행객은 전 세계를 돌아다녔고, 특히 바타비아*에서 오랫동안 살았으며, 많은 돈을 벌었지만, 모두 잃고, 이제 30여 년 만에 고향인 크베들린부르크로 되돌아가는 길이라고 말했는데, 이를 통해 나는 그가 지쳐 쇠진한 남자라는 걸 알 수 있었다. 그는 말을 덧붙였다.

"내 가족묘가 그곳에 있기 때문이오."

이 말을 들은 여관 주인은 마치 그를 가르치기라도 하듯이 육체가 묻혀 있는 장소와 영혼은 관련이 없다고 말했다.

"어디 그런 내용을 적은 책이라도 있소?"

여행객이 물었다. 질문을 던지는 그의 볼품없는 입술과 창백한 눈언저리에 교활한 미소가 살며시 번졌다. 그러자 겁을 먹은 여관 주인은 여행객을 달래려는 듯 이렇게 말했다.

"그렇다고 해서 제가 알지도 못하는 무덤을 나쁘게 말

---

* 하이네는 본문에 라틴어로 "quis? quid? ubi? quibus auxiliis? cur? quomodo? quando?"라 적었다.

* 바타비아 : 1795년 네덜란드 일곱 개 주 연합공화국 계승으로 시작하여 1806년에 단명했던 국가다.

하려는 것은 아닙니다. 터키 사람들은 죽은 사람을 우리보다 더 화려하게 치장하지요. 사원 묘지는 정원과 다름없습니다. 터키인들은 실측백나무의 그림자 아래 터번을 씌운 하얀색 묘비석에 앉아 근엄한 인상을 주는 턱수염을 아래로 쓰다듬으면서 느긋하게 긴 관이 달린 물담배를 피우죠. 중국인들은 심지어 무덤에서 환락을 즐깁니다. 죽은 이가 누워 있는 곳 주위를 빙빙 돌며 격식에 맞추어 춤을 추고, 명복을 빌며, 차를 마시고, 현악기를 연주합니다. 특히 생전에 사랑받았던 사람이 죽었을 때는 온갖 종류의 도금된 격자 세공과 유리로 만든 형상들, 화려한 색상의 비단 조각과 모조 꽃, 그리고 형형색색의 등으로 무덤을 장식합니다. 매우 멋지죠. 그런데 크베들린부르크까지의 거리는 얼마나 됩니까?"

고슬라의 교회 묘지는 나의 관심을 끌지 못했다. 그럴수록 이 도시에 도착했을 때 목사의 집 약간 높이 달린 창문에서 미소 지으며 나를 쳐다본 예쁜 고수머리 아가씨가 궁금해졌다. 식사를 마치고 나는 다시 그 창문으로 갔다. 그런데 흰 초롱꽃이 꽂혀 있는 물컵만이 그 자리에 있었다. 나는 기어올라 갔다. 그리고 물컵에서 꽃을 빼서 느긋하게 내 모자에 꽂았다. 길을 가던 사람들, 특히 이런 능숙한 솜씨의 도둑질을 목격하고 경악한 어느 노파의 벌린 입, 돌처럼 굳은 코와 휘둥그런 눈 따위는 중요하지 않았다. 한 시간쯤 지나 다시 같은 집을 지나쳤을 때였다. 귀여운 아가씨가 창문가에 있었다. 내 모자에 꽂혀 있는 초롱꽃을 본 그녀는 상기된 얼굴로 뒤로 물러났다. 나는 이제 그 아름다운 얼굴을 더 자세하게 볼 수 있었다. 그 얼굴은 여름 저녁에 부는 바람과 달빛, 꾀꼬리 소리와 장미 내음을 모두 모아 만들어 놓은 듯 달콤하고 투명했다. 주위가 깜깜해지자 그녀가 문 앞으로 나왔다. 나는 그녀에게 다가가 어두운 현관 안으로 그녀를 천천히 밀었다. 그리고 그녀의 손을 잡고 말했다.

"나는 예쁜 꽃과 입맞춤하는 걸 좋아하는 사람입니다. 나는 함부로 주지 않으려는 것을 훔치는 사람이랍니다."

그리고 재빨리 그녀와 입을 맞추었다. 그리고 그녀가 도망치려 하자, 달래듯 속삭였다.

"내일이면 나는 떠난다오, 그리고 다시는 돌아오지 않아요!"

사랑스러운 입술과 작은 손에 살짝 힘이 들어가는 것을 느낄 수 있었다. 나는 미소 지으며 서둘러 그 자리를 빠져나왔다. 그렇다, 나는 웃지 않을 수 없었다. 무의식적으로 그런 마법의 주문을 읊다니. 그건 군인들이 점잖게 호의를 베풀 때보다 더 자주 써먹으며 여인의 가슴을 흔들던 문구였다.

"내일이면 나는 떠난다오, 그리고 다시는 돌아오지 않아요!"

내가 묵었던 여관은 멋진 람멜스베르크의 경치를 볼 수 있는 곳이었다. 그날 저녁은 아름다웠다. 밤은 바람에 갈기를 휘날리며 달리는 검은 말을 타고 오고 있었다. 나는 창가에 서서 달을 보았다. 달에는 정말 사람이 살고 있을까? 하인들은 물을 주어 달을 성장시켰던 클로타르*에 관해 말하기도 했지만, 나도 어릴 적 달은 과일과 같다는 말을 들은 적이 있다. 달이 익으면 사랑하는 주님이 그것을 딴다고 했고, 보름달이 뜨면 세상 끝에 있는 커다란 장롱에 넣은 다음 널빤지를 대어 못을 박고 봉하신다고 했다. 그런데 내가 좀 더 크고 나서, 이 세상이 그렇게 좁은 곳이 아니라는 것을, 그리고 인간의 정신이 나무로 만든 차단기를 부수고, 성 베드로의 거대한 천국 열쇠, 즉 불멸 사상으로

---

* 클로타르는 프랑크 왕국의 왕이다.

일곱 하늘 모두를 열어젖혔다는 사실을 알게 되었다. 영원한 생명! 대단한 생각이 아닐 수 없다! 도대체 누가 이것을 처음으로 생각해 냈다는 말인가? 머리에 하얀 나이트캡을 쓰고 하얀 파이프를 입에 문 채 덥지도 춥지도 않은 여름날 저녁 자기 집 현관 앞에 앉은 뉘른베르크의 속물이 바로 그 사람일까? 그는 느긋하게 이런 생각을 했을 거다. 파이프와 담배의 연기를 들이마시고 내뿜을 숨이 영원히 그에게 남아 있다면, 그런 상태로 의미 없는 삶을 연명한다고 해도 멋질 거라고. 아니면 애인의 품 안에서 영원한 삶을 생각했던 사랑에 빠진 젊은이였을까? 다르게 느낄 수도, 생각할 수도 없으므로 그렇게 생각했을까? 사랑! 불멸! 내 가슴이 갑자기 뜨겁게 끓어오른다. 지리학자들이 적도를 옮겨 놓았단 말인가. 내 가슴 안을 뜨겁게 휘젓고 있다. 뜨거운 사랑의 감정이 내 가슴 밖으로 분출한다. 영원한 밤을 그리워한다. 창문 아래 정원에 핀 꽃들은 더욱 강렬한 향기를 내뿜는다. 꽃에 감정이 있다면 그건 향기일 것이다. 밤이 되면 사람의 가슴도 더 강렬하게 감정에 사로잡히지 않는가. 외로이, 그리고 아무도 엿듣는 사람이 없는 밤이면. 꽃도 그런 것 같다. 수줍은 모습으로 사색에 잠겼지만, 세상을 덮는 어둠을 고대하는 것 같다. 자신의 감정에 몸을 맡기고 달콤한 향기를 뿜으며 호흡할 수 있는 그때를. 뜨겁게 터져 나와라. 내 가슴속 충만한 너희 향기들이여, 저 산 너머 꿈에 그리던 연인을 찾아라! 그녀는 이미 잠들었다. 그녀의 발 가까이 천사들이 무릎을 꿇고 있구나. 잠자는 그녀의 미소는 기도문을 읊고 있다는 것을 알려 준다. 천사들도 따라 기도한다. 그녀의 가슴에는 행복으로 충만한 천국이 머문다. 그녀가 숨 쉬면, 멀리 있어도 내 가슴이 떨린다. 비단결 같은 그녀의 속눈썹 뒤로 태양은 저물었지만, 그녀가 다시 눈을 뜨면, 낮이 될 것이다. 그때 새들은 노래하고, 가축들의 목에 단 종에서 종소리 울려 퍼지며, 에메랄드로 치장한 옷을 입은 산들이 가물가물 빛날 것이다. 배낭을 싸고 다시 여행길을 떠나자.

    이런 철학적인 사고를 하고 사적 감정에 빠져 있던 나를 놀라게 한 것은 바로 얼마 전 나와 마찬가지로 고슬라를 향해 길을 떠났던 궁정 고문관 B의 방문이었다. 이 사람이 호감 있고 정감이 넘치는 남자라는 것을 그때보다 더 깊게 인식할 수 있는 순간은 없을 것 같다. 나는 그를 존경했다. 탁월하고 믿음이 가는 통찰력 때문이기도 하지만, 그보다는 그가 겸손하기에 그렇다. 그는 매우 명랑하고, 활력적이며 강건한 성품을 지니고 있다. 특히 그가 강건하다는 사실은 최근에 쓴 책을 통해 입증된다. 《이성의 종교》, 즉 합리주의자들은 극찬하지만, 신비주의자들은 화나게 했던 이 책은 많은 독자에게 큰 영향을 끼쳤다. 내 건강 때문에 - 의사는 나에게 사고를 자극하는 모든 것을 피하라는 처방을 내렸다 - 비록 이 순간만큼은 나도 신비주의자라고 할 수 있겠지만, 파울루스, 구를리트 쿠르크, 아이히호른, 보우터베크, 베크샤이더 등의 합리주의자들이 부단히 노력해서 얻은 가치들이 매우 크다는 것을 나는 절대로 간과하지 않는다. 이 사람들이 수년간 그들을 괴롭혔던, 특히 쓰레기와 다름없는, 뱀이 들끓고 기분 나쁜 뿌연 연기로 가득한 진부한 교회 때문에 야기된 불쾌함을 제거해 왔다는 사실은 우연하게도 나에게 매우 유익한 것이었다. 독일의 공기는 너무 탁하고 뜨겁다. 종종 나는 숨통이 막히지 않을까, 또는 사랑의 열기에 불타는 나의 동료 신비주의자들이 내 목을 조르지나 않을까 두려운 때가 있다. 그래서 선량한 합리주의자들이 이러한 공기를 빠르게 식혀 준다면 나는 그들에게 화를 내지 않을 것이다. 본질적으로 자연 자체는 합리주의에 한계를 부여하는 존재다. 공기 펌프 자리*와 북극에서 사람은 그러한 한계를 뛰어넘을 수 없다.

그날 밤 고슬라에서 나는 매우 기이한 체험을 했다. 지금도 그 생각을 하면 두려움이 엄습한다. 나는 선천적으로 겁쟁이가 아니다. 하느님은 내가 이제까지 가슴 졸이는 불안에 떨어 본 적이 없다는 걸 아실 것이다. 이를테면 반짝거리는 면도날을 코에 대거나, 한밤중에 이상한 소문이 도는 숲속에서 길을 잃었을 때, 또는 음악 공연장에서 입을 쩍 벌리고 하품하는 중위가 나를 집어삼킬 것 같아도 나는 두렵지 않았다. 하지만 《오스트리아 관찰자》*만큼이나 나는 유령을 두려워한다. 도대체 두려움이란 무엇인가? 이성에서 오는 걸까, 아니면 기질 탓일까? 이 문제에 관해 나는 자주 베를린에 있는 카페 로열에서 우연히 만난 사울 아셔 박사와 오랜 시간 동안 점심을 먹으며 토론한 적이 있다. 사람은 이성의 추론을 통해 두려운 것을 인지하므로 공포심을 느낀다고 그는 늘 주장했다. 기질 탓이 아니라 이성이 공포를 유발하는 기제라는 것이다. 내가

---

* 공기 펌프 자리 : 프랑스 천문학자 니콜라 루이 드 라카유(Nicolas Louis de Lacaille, 1713~1762)가 남쪽 하늘의 빈자리를 채우기 위해 1763년 설정한 매우 어두운 별로 구성된 별자리다.

* 《오스트리아 관찰자》: 1810년부터 1848년까지 존속했던 오스트리아의 일간신문이다.

먹고 마시는 동안에도 그는 계속해서 이성의 우위를 입증하려 했다. 그러다가 거의 마지막에 그는 여러 번 시계를 들여다본 후 다음과 같은 말로 주장을 매듭지었다.

"이성은 최고의 원칙이다!"

이성, 지금도 나는 이 단어를 들을 때면, 추상적인 다리와 길고 형이상학적인 잿빛의 연미복, 그리고 얼어붙을 듯 차가운 얼굴을 한 그의 모습이 머릿속에 떠오른다. 그 모습은 지리 교과서를 제작할 때 동판으로 사용할 수 있을 것이다. 50대의 이 남자는 직선을 체현해 놓은 사람이었다. 실증적 검증에 의한 확실한 지식을 얻기 위해, 이 가련한 남자는 삶을 통해 즐길 수 있는 태양 빛, 믿음, 꽃과 같은 멋진 것들을 철학을 위해 버렸다. 그에게 남은 것은 냉혹하고 실증적인 무덤뿐이었다. 그는 벨베데레의 아폴론*과 기독교에 악담을 늘어놓던 사람이었다. 특히 후자의 비이성적인 특성과 불안정성을 입증하는 팸플릿을 쓴 사람으로 잘 알려져 있다. 여하튼 그는 매우 많은 책을 썼

---

* 벨베데레의 아폴론 : 바티칸 벨베데레 궁전에 전시된 태양신 아폴론을 본뜬 대리석상이다.

는데, 그 안에서 이성은 늘 최고의 것으로 그 가치가 부풀려져 있었다. 그러나 그것을 입증하기 위한 노력만큼은 매우 진지하다고 할 수 있으므로 찬사를 받기도 했다. 그러나 동시에 그것은 다른 사람을 웃도록 만드는 요소가 되었다. 세상 모든 아이가 아는 것을 그가 이해하지 못할 때처럼 진지하면서도 바보 같은 표정이 바로 그것이다. 몇 차례 나는 이성의 박사가 사는 자택을 방문한 적이 있다. 그런데 아리따운 아가씨가 그의 곁에 있었다. 이성은 관능을 제재하지 않는가 보다. 내가 언젠가 다시 그를 방문했을 때, 그의 하인이 내게 말했다.

"박사님께서 방금 돌아가셨습니다."

이 말이 나에게는 지금 그가 외출 중이라는 말로 들렸다.

자, 고슬라에 머물던 때로 다시 돌아가자. 나는 잠자리에 들며 나 자신을 달래듯 이렇게 말했다.

"최고의 원칙은 이성!"

하지만 소용이 없는 말이었다. 나는 클라우스탈에서 가지고 온 파른하겐 폰 엔제*의 《독일 소설》에서 놀라운 이야기를 읽었다. 아버지를 죽이려는 아들에게 죽은 엄마가 유령이 되어 나타나 경고의 말을 하는 내용이다. 실감 나게 서술되었기 때문에 나는 읽는 내내 두려움에 몸을 떨었다. 유령을 다룬 소설들은 여행 중에 읽으면 두려움이 더 커지는 것 같다. 한밤중에 인적이 없는 도시나 집, 그리고 방에서 읽을 때 더욱 그렇다. 내가 누운 자리에 남은 이 흔적은 어떤 끔찍한 일이 여기에서 벌어졌다는 것을 말하고 있는 것은 아닐까? 무의식적으로 사람들은 그렇게 생각한다. 게다가 방 안을 비추는 달빛은 흐릿하고, 벽의 그림자는 형체를 알 수 없는 여러 가지 형상으로 변하며 움직인다. 무엇일까? 나는 벌떡 침대에서 일어섰다. 내가 본 것은….

달빛이 비칠 때 거울에 반영된 자기 얼굴을 보았을 때처럼 무서운 것은 없을 것이다. 동시에 묵직하고, 하품하듯 나지막이 종 치는 소리가 들린다면. 소리는 매우 길게 울리고 간격 또한 길었는데, 그사이 자정이 되었다고 분명히 믿을 수밖에 없었다. 그런데 종이 다시 울리기 시작했다. 열두 번을 친 것이 분명했다. 열한 번째와 마지막 종소리 사이에 다른 시계의 종소리가, 그것도 빠르고 매우 날

---

* 파른하겐 폰 엔제 : 독일의 작가이자 외교관이었던 카를 아우구스트 파른하겐(Karl August Varnhagen, 1785~1858)을 가리킨다.

카롭게 울렸다. 느려 빠진 아주머니의 행동에 짜증이라도 난 것인가. 두 개의 무쇠 종에서 나던 소리가 조용해지고, 집 안 전체에 죽음과도 같은 고요함이 맴돌 때, 문득 나는 내 방 앞 복도에서 누군가 뒤뚱거리며 발을 끌고 걷는 소리를 들었다. 노인의 불안정한 걸음걸이였다. 드디어 내 방이 열렸다. 내 방에 들어온 사람은 죽은 사울 아셔 박사였다. 냉기가 척추와 뼈를 타고 온몸을 얼어붙게 했다. 사시나무잎처럼 나는 떨었다. 감히 유령을 볼 엄두가 나지 않았다. 그는 평상시와 다름없는 모습이었다. 형이상학적 연미복 차림의 추상적인 다리와 수학적 얼굴의 그였다. 하지만 좀 더 노란색을 띠고 있었다. 늘 22.5도의 각도로 비뚤어진 그의 입은 꾹 닫혀 있었다. 그리고 눈자위에 큰 반경이 드리워 있었다. 비틀거리면서, 그리고 예전처럼 스페인풍의 작은 등나무 지팡이에 몸을 의지한 채 그는 나에게 다가왔다. 그는 자신의 특성이기도 한 뚱한 사투리로 나에게 다정하게 말했다.

"두려워하지 마세요. 내가 유령이라고 믿지 마세요. 이건 나를 유령이라고 믿는 당신이 지어낸 환상이 만든 속임수예요. 유령이라는 게 뭡니까? 규정할 수 있나요? 유령일 가능성에 필요한 조건들을 추론해 보세요. 어떤 합리적 연관성 안에서 이런 현상이 이성과 합치될 수 있을까요?

이성, 나는 이성을 말하렵니다."

그러더니 유령은 이성을 분석하기 시작했다. 그는 칸트의 《순수이성비판》 제2부 첫 번째 문단, 두 번째 장, 세 번째 핵심부인 현상과 본질*을 인용했고, 이어 의심쩍은 유령에 대한 믿음을 재구성했으며, 삼단논법*을 적용한 후, 이 세상에 유령이란 전혀 존재하지 않는다는 논리적 결론으로 그의 말을 마쳤다. 내 등에서 식은땀이 흐르고 있었다. 캐스터네츠처럼 이가 떨리고 영혼까지 얼어붙을 듯한 공포에 질린 나는 유령으로 출몰한 박사가 유령에 대한 두려움이 근거 없다는 사실을 말할 때마다 옳다고 고개를 끄덕였다. 입증하는 데 골몰하다가 잠깐 집중력을 잃은 박사는 주머니에서 금도금 시계를 꺼내는 대신 한 줌의 벌레들을 꺼냈다. 실수를 눈치챈 그는 우스꽝스럽게 조바심을

---

* 현상과 본질 : 인간의 이성 능력 분석으로 계몽주의와 관념 철학의 기반을 제공한 이마누엘 칸트(Immanuel Kant, 1724~1804)는 《순수이성비판(Kritik der reinen Vernunft)》(1787)에서 '현상' 즉 '페노메나(Phenomena)'와 '본질(물 자체)' 즉 '누메나(Noumena)'를 엄격하게 분리하면서 진리의 문제를 다루었다.

* 삼단논법 : 두 개의 명제를 전제로 결론을 내는 연역 추론을 말한다.

치면서 다시 벌레들을 주머니에 집어넣었다.

"이성만이 최곱니다."

그때 종이 1시를 알렸다. 그리고 유령이 사라졌다.

다음 날 아침 나는 고슬라를 떠나 반쯤은 즉흥적으로 클라우스탈의 광부가 말했던 동생을 찾아보기로 했다. 일요일이 되자 날씨는 다시 좋아졌다. 해가 안개를 몰아내는 것을 보고 기분이 좋아진 나는 언덕과 산을 넘고 무시무시한 느낌이 드는 숲을 통과했다. 꿈꾸듯 몽롱한 분위기 속에 고슬라에서 보았던 작은 초롱꽃의 종소리가 들렸다. 전나무들은 몸을 흔들어 흰색 나이트가운 차림의 산을 깨우고, 신선한 아침 바람은 아래로 늘어진 초록 머리카락을 빗겨 주며, 기도 시간에 맞춘 듯 새들의 노랫소리가 울려 퍼지기 시작했다. 풀밭으로 덮인 골짜기는 다이아몬드를 박아 넣은 황금색 이불처럼 반짝였다. 멀리서 워낭 소리 울려 대는 가축 떼를 이끌고 가는 목동의 모습이 보였다. 차라리 길을 잃어버렸으면 좋겠다는 생각이 들었다. 사람들은 통행량이 많은 길 말고도 끊임없이 샛길을 만든다. 그러면 목적지에 더 빠르게 도착할 수 있다고 믿나 보다. 우리 삶처럼 하르츠가 그렇다. 우리가 올바른 길을 가도록 돕는 착한 사람들은 늘 있다. 그들은 그 일을 좋아하고, 게다가 만족스러운 표정으로 친절하게 우리가 먼 길을 돌아왔고, 구렁텅이와 늪에 빠질 수도 있었는데, 길을 잘 아는 사람들을 적시에 만났으니 행운이 아니겠느냐고 큰 소리로 설명하며 몹시 즐거워한다. 그런 사람 하나를 나는 하르츠부르크 근처에서 만났다. 고슬라 출신의 배불뚝이인 그는 내 눈에 어리석어 보였다. 가축 전염병을 발견한 장본인이 자기라고 자랑하던 그와 함께 나는 한 구간을 걸었다. 그는 내게 온갖 종류의 유령 이야기를 들려주었다. 그러면서 그가 유령이라고 생각했던 것은 흰색 형상의 산도적이었고, 도랑에 빠져 울고 있는 아이의 소리는 멧돼지 소리였으며, 바닥의 바스락거리는 소리는 집고양이의 짓이라는 쓸모없는 말을 했다. 그것만 아니었다면 멋졌을 텐데 말이다. 게다가 사람은 병에 걸렸을 때만 유령을 볼 수 있다고 하면서, 정작 자신은 병에 잘 걸리지 않고 고작 피부병에 시달릴 뿐인데, 매번 침을 발라 낫게 한다고 했다. 또한 그는 자연이 가지고 있는 실용성과 유용성에 주목하라고 내게 말했다. 녹색이 눈에 이로우므로 나무가 푸르다는 것이었다. 나도 그렇다고 했다. 신이 소를 창조한 것은 쇠고기 수프가 사람을 강하게 만들어 주기 때문이고, 당나귀를 창조한 것은 비유할 때 사용하기 위함이며, 사람을 창조한 것은 쇠고기 수프를 먹고 당나귀가 되지 않도록 하려는 의도였다고 그에게 말해주었다. 그랬더니 동행자는 같은 생각을 하는 사람을 만났다고 기뻐했다. 기쁨에 넘쳐 전보다 더 얼굴이 환해진 그는 심지어 이별할 때 코끝이 찡한 표정을 지었다. 그런데 그와 함께 있는 동안 자연이 마법에서 해방되었던 것일까. 그가 떠나자 나무들은 다시 말하기 시작했고, 햇빛은 소리를 냈으며, 들판의 꽃들은 춤추고, 푸른 하늘은 녹색의 대지를 껴안았다. 그렇다, 내가 더 잘 안다. 신은 이 세계가 훌륭하다는 것을 보고 감탄하라는 의도에서 인간을 창조했다. 제아무리 위대하다 하더라도 모든 작가는 자기 작품이 추앙받기를 원한다. 신의 회상록이라고 할 수 있는 《성경》 안에 분명히 쓰여 있다. 신은 자기의 명예를 드높이고 자신을 위해 희생하라고 인간을 창조했다.

오래도록 이곳저곳을 돌아다닌 끝에 나는 클라우스탈에서 만났던 친구의 동생 집에 도착했다. 그곳에서 나는 하룻밤을 묵었고 다음과 같은 멋진 시를 노래할 수 있었다.

I

산 위 오두막 한 채,

늙은 광부가 산다네,
푸른 전나무 살랑거리고,
황금색 달이 빛나는 그곳에.

오두막에는 팔걸이의자가 하나 있지,
무늬를 새겨 넣은 멋진 것이네,
그 위에 앉은 광부 행복하다네,
행복한 이가 바로 나라네!

발판에 어린아이가 앉아 있네,
내 무릎에 팔을 괴고,
아이의 눈은 두 개의 푸른 별,
보랏빛으로 빛나는 작은 입.

나를 쳐다보는 사랑스럽고 푸른 눈
하늘만큼이나 크다네,
백합같이 흰 손가락 익살맞게
보랏빛 입술에 갖다 대네.

아니, 이 아이는 어미와 닮지 않았구나,
고생스럽게 물레질하지 않지,

아비는 치터를 연주하고,
옛 노래를 불렀지.

아이가 작은 소리로 속삭이네,
작게, 가라앉은 목소리로,
많은 중요한 비밀을
나에게 털어놓았다네.

어미가 죽은 이후로,
우리는 더는 갈 수 없지,
고슬라의 사격 연습장으로,
그곳은 정말 멋진 곳인데.

이곳은 외롭고
찬 공기가 맴도는 높은 산,
겨울이 되면 우리는 완전히
눈 속에 파묻혀요.

나는 겁 많은 소녀예요,
다른 아이처럼 두려움에 떨죠,
무서운 산의 정령들,

밤이면 돌아다니는 정령들 때문에.

갑자기 예쁜 아이 입을 닫네,
자기가 한 말에 놀란 듯,
두 손으로
제 눈을 가리네.

바람에 흔들려 요란한 전나무 소리 들리네,
달그락거리는 물레 소리,
사이사이 치터 소리,
흥얼거리듯 들리는 노랫소리.

무서워하지 마라, 예쁜 아이야,
사악한 유령 때문에,
낮이고 밤이고, 예쁜 아이야,
천사들이 곁에서 너를 지킨다!

II

전나무가 녹색 손가락으로
낮고 작은 창문 똑똑 두드리네,

노란색 염탐꾼 달,
다정하게 빛을 비추네.

옆 침실의 엄마, 아빠
작은 소리로 코를 골고 있을까,
아니 우리 두 사람은 즐겁게 떠들며,
서로를 지켜 주지.

자주 너는 기도한다지만,
그 말을 믿을 수 없어,
네 입술이 삐죽거리는 걸 보고
기도하지 않는다는 걸 알지.

못되고 쌀쌀맞게 삐죽거리는 모습,
매번 나를 놀라게 하네,
그러나 두려움을 잊도록 만드는
경건한 빛으로 반짝이는 네 눈.

의심스럽구나, 네가 믿는 것이
올바른 신앙이라 한다면,
정말로 성부와

성자와 성령을 믿는다는 것이냐?

아, 아이야, 어린 시절,
이미 엄마 무릎에 앉을 무렵에,
나는 하느님으로 믿었단다,
이 세상을 다스리고 보호하시는 성부를.

그분은 아름다운 세상을 창조하셨지,
아름다운 사람들을 위해,
태양과 달이,
별들이 그들의 걸음을 비추어 주지.

내가 컸을 때, 예쁜 아이야,
조금 더 많은 것을 알게 되었다,
이해하고 이성적으로 되었지,
나는 성자도 믿게 되었다.

고귀하신 아들, 다정한 분
우리에게 사랑을 보여 주신 분,
그리고 흔히 말하는 그 대가로
백성들에 의해 십자가에 매달리셨지.

그리고 이제, 성인이 되어,
많은 것을 읽었고 많은 곳을 돌아다녔지,
내 가슴이 진심으로 받아들였지,
성령을 믿게 된 거지.

성령은 위대한 기적을 행하신다,
그리고 그보다 더 큰 것들을 이루시지.
폭군이 사는 성을 부수고,
종의 멍에를 벗겨 주셨지.

성령은 죽음의 상처를 낫게 하시고,
부패한 법을 바꾸시지.
똑같이 태어난 모든 사람은,
모두 고귀한 족속이기 때문.

안개처럼 몰려드는 사악한 무리와
음흉한 망상 몰아내시는 성령,
사랑과 즐거움 빼앗고,
낮과 밤으로 히죽거리며 조소하는 것들을.

수천의 기사, 단단히 무장한 그들,
성령이 고르셨네,
뜻을 이루기 위해,
용기를 불어넣으셨네.

휘황찬란하게 빛나는 칼,
나부끼는 멋진 깃발!
예쁜 아이야, 바라느냐,
위풍당당한 기사들을 보고 싶으냐?

자 이제 나를 보아라, 예쁜 아이야,
내 입을 맞추고 똑바로 나를 보아라.
내가 바로
성령의 기사 중 하나다.

III

은밀하게 밖으로 몸을 감춘 달
녹색 전나무 뒤로 숨었네,
방 안을 비추는 등불
희미하게 깜박이는 광택 잃은 빛.

하지만 푸른 별은
밝은 빛으로 빛을 발하고,
보랏빛으로 타오르는 입술로
예쁜 소녀가 입을 열었네.

작은 것들, 꼬마 요정이
우리 빵과 베이컨을 훔쳐요,
밤에 상자에 넣어 둔 것,
아침이면 모두 사라지죠.

작은 것들, 크림을
우유를 훔쳐 먹죠,
그릇 뚜껑을 덮지 않고 갔기에,
고양이가 나머지를 먹어 치우죠.

고양이는 마녀예요,
밤에 바람이 세게 불면, 살금살금 걸어
저기 유령들이 사는 산으로 가지요,
무너진 낡은 탑으로.

예전에 그곳에 성이 있었데요,
즐겁고 멋진 무기들로 반짝였데요.
매끈한 모습의 기사, 숙녀 그리고 종자들
흥겹게 횃불 춤을 추었죠.

그때 성과 사람들에게
사악한 마녀가 마법을 걸었어요.
성은 잔해만 남았고,
부엉이가 둥지를 틀었죠.

그런데 돌아가신 숙모는 이렇게 말하셨죠.
특별한 단어를
밤의 특별한 시간에,
특별한 곳에서 말하면

폐허가 된 곳이 변해요,
다시 휘황찬란한 성으로 말이죠,
그리고 다시 흥겹게 기사들이 춤추죠,
숙녀들, 그리고 수행원들이.

그리고 그 단어를 말한 자가,

성과 사람들을 차지해요,
북과 나팔 소리 울리며 그들은
젊은 주인에게 충성을 맹세하죠.

작은 장밋빛 입으로 그려진
아름다운 동화의 장면들,
그 위로 나타난 푸른 별빛
소녀의 눈이 비춘 것이네.

황금색 머리카락 비비 꼬며
작은 소녀 내 손을 잡더니,
손가락으로 예쁜 이름 새기고,
웃고 입 맞추더니 입을 다물었네.

조용한 방 안 모두
친근한 눈으로 나를 바라보네,
책상과 장롱, 나에게는
예전부터 눈에 익은 것들 같네.

친근하게, 하지만 점잖게 수다 떠네,
벽시계와 치터, 들리지는 않지만,

소리내기 시작하네,
꿈꾸듯 나는 앉아 있네.

이제 바로 그 시간이다,
바로 그 장소다,
예쁜 아이야, 놀랄 것이다,
내가 그 단어를 말하겠다.

내가 그것을 말하면, 빛이 사라지고
깊은 밤은 요란해질 것이며,
시냇물과 전나무 굉음을 내고,
산은 잠에서 깨어날 것이다.

치터 소리와 난쟁이들의 노랫소리
산의 갈라진 틈에서 울려 퍼질 것이다,
화창한 봄날처럼 싹튼
꽃들이 들에 만발할 것이다.

꽃들, 비범한 기적의 꽃들,
입은 넓고 신기한 모습이지만
온갖 향기 내뿜으며 분주하고 활기차구나,

열정을 못 이겨 그렇겠지.

붉은 화염 같은 사나운 장미,
북새통에 불똥 튀듯 솟았고,
수정 기둥 같은 백합,
하늘 높이 쏜살같이 자라나네.

태양과 같이 거대한 별들
그리움에 사무친 눈으로 굽어보네,
백합의 거대한 꽃받침 안으로
강물이 되어 흐르는 별빛.

하지만 우리는, 예쁜 아이야,
더 많이 변했단다,
횃불처럼 환하고 황금색 비단처럼
부드러운 빛이 우리를 향해 즐겁게 모여든다.

너는 공주가 되고,
오두막은 성이 된다,
사람들 환호 올리고 기사들,
숙녀들, 종자들이 춤춘다.

내가 얻은 것은,
너와 모든 것, 성과 사람들,
북과 나팔 소리 울리며 젊은 주인
나에게 충성을 맹세할 것이다.

   태양이 뜨고 수탉의 세 번째 울음소리에 안개는 도망치는 유령처럼 사라졌다. 다시 나는 산을 오르고 또 내려갔다. 내 앞으로 태양이 멋지게 둥실 떠 있다. 늘 새롭게 아름다운 것들을 비추고 있구나. 이 산의 정령은 분명 나에게 축복을 베풀어 주었다. 산은 잘 알고 있다. 아름다운 것들을 계속해서 말할 수 있는 사람이 시인이라는 것을, 아무나 쉽게 보지 못하는 하르츠의 아름다움을 이 아침에 내가 보도록 말이다. 소수만이 나를 알아보는 것처럼, 하르츠도 나를 그렇게 보고 있다. 골짜기 목초지에 숨겨져 있는 고귀한 진주의 광채가 내 눈꺼풀에 어른거린다. 아침 이슬에 내 뺨이 촉촉이 젖는다. 바스락 소리를 내는 전나무들은 나를 잘 안다. 가지들이 서로 갈라지며 위아래로 움직인다. 손으로 기쁨을 표현하는 말 못 하는 사람 같구나. 멀리서 들려오는 신비한 소리, 이제는 사라져 버린 교회의 종소리인가. 사람들은 가축의 목에 단 워낭에서 나는 소리라고 한다. 하르츠에서 이 소리는 정말로 사랑스럽고 투명하며 순수하다.

내가 언덕에 올랐을 때는 해가 중천에 뜬 정오 즈음이었다. 금발의 친절한 목동은 내가 서 있는 이 거대한 산이 오래되고 유명한 브로켄이라고 했다. 사방 몇 시간 거리 안에 집이라고는 찾을 수 없는 곳이라고도 했다. 하지만 기쁘게도 젊은이가 함께 식사하자며 나를 초대했으니 얼마나 기쁜 일인가. 우리는 치즈와 빵으로 이루어진 풍성한 점심을 먹었다. 작은 양들과 햇빛을 받아 반짝반짝 빛나는 예쁜 암소들이 우리 주위로 모여들었다. 양들은 떨어진 빵 부스러기를 재빨리 주워 먹고, 장난치듯 종을 울리는 암소들은 크고 명랑한 눈으로 우리를 보며 웃는 것 같았다. 우리는 왕의 성찬을 즐겼다. 목동이 진정한 왕이었다. 나에게 빵을 준 유일한 왕이기 때문이다. 그의 위엄을 드높이기 위해 노래를 부르리라.

목동은 왕이라네,
녹색 언덕은 왕의 권좌,
머리 위 태양은
묵직한 황금 관.

그의 발아래 양들 엎드리네,
붉은 십자 표식의 아첨꾼들!
송아지는 기사들이네,
허세 부리며 다니지,
숫염소는 궁정 전속 배우,
새들과 암소들,
피리와 종을 연주하는
실내악단이라네.
참으로 정겹게 울리고 노래 부른다네,
폭포와 전나무들의 쏴쏴 소리
유쾌하게 끼어드네,
왕은 깜빡 잠이 드네.
그를 대신할 통치자,
장관은 양치기 개,
으르렁대고 짖는 소리
둥글게 메아리치네.
잠에 취한 젊은 왕 웅얼거리네.
통치는 어려운 것,
원하는 것은 집에서
여왕과 함께 있는 것!
부드러운 여왕의 품 안에

내 머리 누이고 싶구나,
사랑스러운 그녀의 눈
광대한 나의 제국을 보여 주네!

  친구가 된 우리는 아쉬운 이별의 정을 나누었다. 그리고 나는 다시 산에 올랐다. 곧 하늘로 우뚝 솟은 전나무들이 나를 맞이하였다. 경외하지 않을 수 없구나. 이 나무들의 성장 과정은 순탄하지 않았다. 어린 시절 많은 고난을 겪었을 것이다. 온통 화강암 조각으로 뒤덮인 산에서 나무들은 뿌리를 내리기 위해 돌과 싸우거나 부수어 열어서 영양분을 얻을 땅을 힘겹게 찾아야만 한다. 여기저기 마치 성문처럼 자리 잡은 큰 암석들 위에 서 있는 나무들, 돌 사이 좁은 곳에서 드러난 뿌리를 끌며 땅을 꽉 잡은 나무들은 바깥 공기 마시며 간신히 사는 것처럼 보인다. 하지만 엄청나게 높은 나무가 되어 이렇게 몸을 흔들고 있지 않은가. 그들을 꽉 붙들고 있는 돌들도 함께 성장하는 것 같다. 평지의 부드러운 땅에 있는 동료들보다 더 고집스러운 모습이지 않은가. 위대한 사람들의 삶도 이러하다. 소년 시절을 고난 속에서 보냈지만, 그래서 그들은 강해질 수 있었다. 전나무 가지 위로 다람쥐가 뛰놀고, 아래로 노란색 사슴들이 거닐고 있다. 아름답고 고귀한 동물들을 볼 때면 생각나는 게 있다. 어째서 교양을 갖춘 사람이라고 하면서 이 동물들을 사냥하고 죽이는 것을 즐기는지. 이 동물들은 사람들보다 더 가련하다. 성녀 제노베파*가 겪었던 애달픈 고통의 젖을 먹고 살지 않는가.

  촘촘한 녹색의 전나무잎들 사이로 투과된 황금색 태양빛이 매혹적이었다. 나무뿌리들은 자연스럽게 계단 모양이 되었고, 곳곳에 부풀어 오른 무성한 이끼는 벤치 같았다. 이끼들 사이로 발목 높이만큼 솟은 돌은 비로드 방석이 깔린 의자처럼 보였다. 기분 좋은 선선함, 졸졸 흐르는 샘물 소리는 몽환적이었다. 돌 사이로 졸졸 흐르는 물이 은색으로 반짝이며 밖으로 드러난 나무뿌리와 나뭇결을 적신다. 머리 숙여 자연에 더 가까이 귀를 기울이면, 식물의 성장에 관한 은밀한 이야기와 천천히 뛰는 산의 심장박동 소리를 들을 수 있을 거다. 여기저기 흩어진 돌과 나무뿌리에서 강하게 솟은 물은 작은 폭포를 이루었다. 앞

---

* 성녀 제노베파(St. Genovefa)는 14세 때부터 수도사의 길을 걸으면서 환난과 역경을 이긴 성녀로 존경받았으며 파리의 수호성인으로 불린다.

기 좋은 곳이다. 졸졸 흐르는 물소리, 정말로 신비하구나, 새들은 이루지 못한 동경의 노래 부르고, 나무들은 수천 명의 소녀가 재잘거리듯 속삭이며, 기묘하게 생긴 꽃들은 수많은 소녀의 눈이 되어 우리를 쳐다보며 넓고 뾰족하게 생긴 기이한 모습의 잎들을 우리에게 쭉 뻗는다. 장난치듯 태양은 여기저기를 비추며 뛰놀고, 신중한 성격의 약초들은 녹색 동화를 하나씩 하나씩 만들고 있다. 모든 것이 마법의 힘에 사로잡혔다. 은밀함은 시간이 지날수록 더 깊어진다. 먼 옛날에 꾸었던 꿈이 현실이 되고 사랑하는 이가 나타난다. 아, 그런데 너무 빨리 사라지고 마는구나!

산을 오를수록 전나무들은 점점 작아져 난쟁이가 되더니 이제는 완전히 쪼그라들었다. 결국 블루베리와 약초만 남고 모두 사라졌다. 공기가 부쩍 차가워졌다는 걸 느낄 수 있었다. 그런데 멋진 화강암들이 여기에 모여 있구나. 깜짝 놀랄 만큼 거대한 것도 있다. 어린 시절 유모가 실감 나게 이야기해 주었을 때, 또는 화가 레치*가 멋지게 그

---

* 레치 : 독일의 화가 프리드리히 모리츠 레치(Friedrich A. Moritz

렸던 파우스트 그림에서 보았던 것처럼, 이 암석들은 빗자루와 두엄용 쇠스랑을 타고 이곳으로 온 파렴치한 마녀들이 욕망의 해소를 위해 벌인 발푸르기스의 밤 축제˙에 상대방을 향해 던졌던 놀이용 공으로 쓰였을지도 모른다. 그렇다. 베를린에서 출발해 괴팅겐으로 말을 타고 가던 한 젊은 시인이 5월 첫날 밤에 브로켄을 여행하면서 본 적이 있다고 나에게 말한 적이 있다. 그는 통속 소설에 등장할 만한 여자들이 산 구석에 모여 차를 마시고, 유유자적한 모습으로 석간신문을 읽으며, 테이블 주위를 돌아다니던 숫염소를 만능 천재라 부르며 칭찬하고, 독일 문학에서 발견할 수 있는 여러 현상에 관해 최종 판결을 내렸다고 말했다. 특히 그들은 〈라트클리프〉와 〈알만소〉˙를 쓴 작가를 혹평했는데, 그 내용을 들은 젊은이는 머리카락이 곤

Retsch, 1779~1857)를 가리킨다.

˙ 발푸르기스의 밤 축제 : 4월 말 또는 5월 초에 행하는 봄 축제로 흔히 마녀들의 축제로 불린다.

˙ 〈라트클리프(William Ratcliff)〉(1823), 〈알만소(Almansor)〉(1821)는 하이네의 《서정적 간주곡을 포함한 비극(Tragödien, nebst einem lyrischen Intermezzo)》(1823)에 수록된 비극이다. 두 작품은 작가 생전에 좋은 평가를 받지 못했고 공연되지도 않았다.

두설 정도로 몹시 놀랐다면서 말에 박차를 가해 급히 그곳을 떠날 수밖에 없었다고 했다.

실제로 브로켄의 절반 정도를 지나 정상부에 오른 사람이라면, 이 산과 관련된 매우 재미있는 이야기를 생각하지 않을 수 없을 것이다. 특히 독일의 국민 비극이라고 할 수 있는 위대하고 신비한 인물 파우스트 박사가 그렇다. 그렇다 보니 말발굽을 한 어떤 사람이 내 옆에서 함께 산을 오르고 있다는 생각이 들기도 했고, 그래서 유쾌한 마음으로 뛰는 심장을 가라앉히며 호흡을 가다듬을 수 있었다. 메피스토 역시 몹시 사랑한 산이지만 가쁘게 숨을 고르지 않을 수 없을 것이다. 사람을 기진맥진하게 만드는 산길이라고 하지만, 그래도 오랫동안 동경했던 이 브로켄을 드디어 직접 볼 수 있게 되어 나는 몹시 기뻤다.

이런저런 그림을 통해서도 잘 알려졌듯이 산 정상에 세워진 단층의 건물은 1800년 초 슈톨베르크·베르니게로데 왕*의 백작이 만든 것으로 유지 관리를 위해 산장으로도 활용된다. 벽은 매우 두껍다. 겨울에 부는 강한 바람과 매서운 추위를 막기 위해서다. 지붕은 나지막하고 가운데에는 망루처럼 생긴 전망대가 있다. 옆으로는 두 개의 작은 부속 건물이 있는데, 초기에는 이곳을 방문한 사람들에게 피난처로 쓰였다. 나는 건물 안으로 들어갔다. 범상치 않았다. 마치 동화의 세계라 할까. 전나무와 낭떠러지 같은 험난한 길들을 거쳐 오랫동안 고독한 여행을 마친 사람이 갑자기 구름의 집에 들어선 느낌이었다. 도시들, 산과 숲은 이제 저 아래 멀리 있다. 이곳에서 사람들이 서로 만나게 되는 방식은 매우 특이하다. 이런 곳이라면 으레 그렇듯, 사람들은 반쯤은 호기심에서, 반쯤은 무심하게 고대하던 동료가 오기라도 한 것처럼 환영하고 환영받는다. 나는 이 건물이 사람들로 벌써 꽉 차 있다는 생각이 들었다. 그리고 영리한 사람이라면 그렇듯 벌써 오늘 밤을 생각하고 있었다. 짚으로 만들어진 침대의 그 불편함…. 죽어 가는 목소리로 내가 차를 주문하자, 산장 주인은 내가 밤에 편하게 자지 못하는 사람이라는 것을, 그래서 제대로 된 침대가 있어야 한다는 것을 재빨리 간파했다. 그가 제공한 방은 좁고 작았으며, 기다랗게 생긴 구토

---

* 슈톨베르크 · 베르니게로데(Stolberg-Wernigerode)는 신성 로마 제국 시기부터 존재했던 오래된 독일 왕조다.

완화 분말제가 얼핏 보이는 갈색 상의를 입은 젊은 상인 하나가 이미 자리를 잡고 있었다.

 산장은 생기와 활력이 넘치는 곳이었다. 여러 대학에서 온 학생들 때문이었다. 이제 막 도착해서 원기를 회복하려는 학생들이 있는가 하면, 출발 준비를 하는 학생들도 있었다. 그들은 배낭을 싸고 방명록에 이름을 적었으며, 여관집 처녀로부터 브로켄 화환을 받았다. 뺨을 꼬집고, 노래를 부르며, 깡충깡충 뛰고, 환호를 울리며, 질문하고, 대답하며, 좋은 날씨와 여행길을 기원하고, 건배하며, 그들은 작별의 인사를 나누었다. 떠나는 몇 사람은 약간 취한 듯했다. 그들은 아름다운 경치를 두 배로 즐길 수 있을 것이다. 술에 취하면 모든 게 두 개로 보이지 않나.

 충분히 원기를 회복한 나는 망루의 전망대에 올랐다. 그곳엔 신사 하나와 두 숙녀가 있었다. 한 사람은 젊었고, 다른 한 사람은 나이가 많은 여성이었다. 젊은 숙녀는 미인이었다. 그녀는 곱슬곱슬한 머리 위로 투구처럼 생긴 검은색 공단 모자를 쓰고 있었고, 모자에 달린 하얀 깃털은 바람에 휘날렸다. 멋진 모습이었다. 착 달라붙는 검은색 비단 외투를 입어서 그런지 날씬한 그녀는 우아한 자태를 뽐내고 있었다. 자유롭고 거대한 세계를 내려다보는 그녀의 눈은 자유분방하고 컸다.

소년 시절 나는 마법과 기적을 다룬 이야기 말고는 아무것도 생각하지 않았다. 그래서 타조 깃을 머리에 꽂은 아름다운 숙녀를 보면 요정들의 여왕이고, 옷 끝자락이 젖어 있으면 물의 요정일 거라고 상상했다. 하지만 지금은 그렇지 않다. 자연사를 공부한 이후로, 상징적 의미를 가진 깃털은 어느 멍청한 새들에게서 가져왔다는 것을, 숙녀의 옷 끝자락이 젖은 것은 옷이 질질 끌리다 보면 그럴 수밖에 없다는 것을 알게 되었다. 지금 내가 어린 소년의 눈으로 방금 언급했던 젊은 숙녀를 보았더라면 아마도 이렇게 생각했을 것이다. 저 사람은 이 산의 요정이다. 지금 마법의 주문을 외고 있다. 그래서 저 아래의 모든 것이 신비하게 보이는 것이다. 그렇다, 브로켄을 처음 본 사람들은 감탄할 수밖에 없다. 새로운 것을 보고 느낀 인상을 받아들이는 우리의 정신 과정은 이렇다. 다양하기 마련이고, 심지어 서로 모순적 관계에 있는 인상들은 우리의 영혼 속에서 서로 연결되면서 하나의 거대한, 복잡한 상태 그대로 이해할 수 없는 어떤 느낌으로 바뀐다. 이 느낌을 개념으로 포착하는 것이 가능하다면, 우리는 브로켄의 특징을 알아낼 수 있을 것이다. 브로켄은 독일적이라는 특징을 가지고 있다. 오류를 저지르거나 우수성을 발휘할 때 독일인이 그런 것처럼. 브로켄은 독일 사람과 다름없다. 독일 특유의 철저함이라는 특성을 가진 브로켄은 우리에게 거대한 파노라마를, 즉 수천 개의 크고 작은, 대부분 북쪽에 있는 도시와 마을, 그리고 그 주위를 감싸며 끝없이 펼쳐진 산과 숲, 강과 평야를 분명하게 보여 준다. 그것은 세밀하게 그린 다음 색을 입힌 특별한 지도와 같다. 이곳만큼 독특하고 아름다운 경치에 눈이 호강할 데는 어디에도 없을 것이다. 매사에 지독한 정확성을 추구하기 때문에 무언가를 편집하고 편찬하는 것에 익숙한 우리 독일인들은 늘 사소한 것도 그대로 놔두는 걸 생각조차 할 수 없다. 브로켄 역시 독일인 특유의 느긋하고, 이성적이며, 관용적인 어떤 요소들을 가지고 있다. 사물들을 멀리에서 그리고 분명하게 조망할 수 있기에 그렇다. 산이 커다란 눈을 뜨면, 고작 산 주위를 맴도는 흐릿한 눈을 가진 우리 난쟁이들보다 더 많은 것을 볼 수 있을 것이다. 사람들은 브로켄이 속물적이라고 주장한다. 게다가 클라우디우스*는 이렇게 노래했다.

"브로켄은 키다리 속물!"

그러나 그건 틀린 말이다. 대머리처럼 벗어진 정수리가

하얀 안개 모자로 덮인 것 같다면서 브로켄은 종종 속물적인 인간의 모습에 빗대어 표현되기도 하지만, 그건 다른 위대한 독일인들의 생각처럼 풍자일 뿐이다. 게다가 브로켄이 품위 없이 자유분방하고 망상에 빠졌던 시기가 있었다는 사실은 잘 알려져 있다. 5월 첫째 날 밤처럼 말이다. 하지만 그날 이후로 산은 쓰고 있던 안개 모자를 환호성을 지르며 하늘로 던져 버렸고 우리처럼 제대로 독일적 낭만에 미치도록 빠져들었다.

나는 곧 그 아름다운 숙녀와 어떻게든 대화를 나누려 애를 썼다. 타고난 미모의 여인은 대화를 나누어 보면 그 진가를 알 수 있는 법이다. 그녀는 똑똑하지는 않으나 신중한 편이었다. 매우 우아한 자태가 멋지다고 할까. 그렇다고 흔히 말하듯 절제할 것을 잘 아는 식의 경직되고 부정적인 의미의 우아함을 의미하는 것은 아니다. 드물게도 그녀는 해도 좋을 것을 정확하게 알려 주고 솔직하면서

---

* 클라우디우스 : 독일 감상주의 작가이자 언론인이었던 마티아스 클라우디우스(Matthias Claudius, 1740~1815)를 말한다.

도 안정감을 느끼도록 만드는 자유롭고 긍정적인 우아함을 지닌 여인이었다. 나는 지리에 관해 매우 잘 아는 척을 하면서-그런 스스로에 대해 나도 놀랐다-지적 호기심이 발동한 미인에게 앞에 펼쳐져 있는 도시들의 이름을 말해 주었고, 망루의 평평한 곳 가운데 돌로 만든 테이블 위에 지도를 펼친 후 교수라도 된 듯한 표정을 지으며 그 도시의 위치를 찾았다. 그러나 나는 제대로 찾을 수 없었다. 손가락으로는 더는 불가능했다. 내 눈은 귀여운 숙녀의 얼굴에 고정되었다. 시르케와 엘렌트와 같은 도시들보다 더 아름다운 어떤 것을 그녀의 얼굴에서 찾을 수 있었기 때문이다. 그녀의 얼굴은 도발적이거나 매혹적이라고 말할 수 없지만, 보기만 해도 빠져들 수밖에 없는 그런 얼굴이었다. 이런 얼굴이 나는 좋다. 가슴이 답답할 때 마음을 안정시키고 미소 짓게 만들기 때문이다. 그녀는 아직 미혼이었다. 미모는 절정에 이르렀고 결혼하기에 충분한 상태인데도 말이다. 하지만 이처럼 매우 아름다운 아가씨들에게는 자주 일어나는 일이지만, 그들은 남자를 발견하는 데 어려움을 겪는다. 고대에도 그랬다. 잘 알려져 있다시피, 우미를 상징하는 세 여신*도 처녀로 남았다. 두 숙녀와 함께 있는 키 작은 신사는 어떤 사람일까. 가늠하기 어려웠다. 마른 편인 그는 남의 눈에 잘 띄는 남성이었다. 작은 머리는 잿빛의 좁은 이마를 지나 초록빛이 도는 잠자리 눈까지 내려온 머리카락으로 세심하게 덮여 있었고, 굽은 코는 앞으로 불쑥 돌출되어 있었으며, 이와 반대로 입과 턱은 겁먹은 듯 귀를 향해 뒤로 물러나 있었다. 이런 얼굴들은 약간 황색기가 도는 점토처럼 보인다. 조물주가 최초의 시제품을 주물러 만드셨던 그 점토. 그의 얇은 입술이 삐죽거릴 때면, 뺨에는 수천 개나 되는 반원 모양의 미세한 주름살이 잡혔다. 체구가 작은 그 신사는 말을 하지 않았다. 종종 노부인이 무엇인가 다정하게 귓속말할 때 코감기를 앓는 못생긴 불도그처럼 추하게 웃을 뿐이었다.

노부인은 젊은 아가씨의 어머니였다. 그녀 역시 품위가 있는 숙녀였다. 병약하고 몽상적 분위기의 명상에 잠긴 눈, 깊고 엄격한 신앙심을 말해 주는 입, 하지만 그 입술은 한때 매우 아름다웠을 것이다. 잘 웃고 수없이 입맞춤을 주고받았던 입술이었을 것이다. 그녀의 얼굴은 팔림프세

---

* 그리스 신화에서 기품과 아름다움을 뜻하는 우미(優美)를 상징하며 아폴론과 아프로디테를 수행하는 세 자매 여신을 가리킨다.

스트* 같다는 생각이 들었다. 교부들이 쓴 글자 밑으로 고대 그리스의 연애 시인이 쓴, 반쯤 지워진 시구가 엿보이듯 말이다. 남자와 함께 이탈리아에서 온 한 해를 보낸 두 숙녀는 로마, 피렌체, 베네치아의 여러 아름다운 점에 관해 이야기해 주었다. 어머니는 베드로 성당에 있는 라파엘 성인 조각상에 관해, 딸은 페니체 극장에서 보았던 오페라에 관해 말했다. 두 사람은 즉흥 예술에 매료되었다고도 했다. 그들의 고향은 뉘른베르크였다. 그런데 그 도시의 고풍스럽고 장엄한 것에 관해서는 나에게 말해 줄 게 없었나 보다. 바겐자일*의 마지막 울림을 그대로 재현했던 명가수의 매혹적인 기교를 모른다는 말인가. 뉘른베르크의 두 시민은 이탈리아의 의미 없는 즉흥 예술과 거세한 사람들이 부르는 노래에서 즐거움을 찾고 있다. 오, 제발 두스 성인*이여, 당신은 이제 무엇을 지키는 성인인가요!

* 팔림프세스트 : 사본에 기록된 원래의 문자 등을 지우고 다른 내용을 그 위에 기록한 양피지 사본이다.
* 바겐자일 : 오스트리아의 작곡가 게오르크 크리스토프 바겐자일(Georg Christoph Wagenseil, 1715~1777)을 말한다.
* 제발두스 성인(St. Sebaldus)은 뉘른베르크 수호성인이다.

대화를 나누는 동안 어둠이 찾아왔다. 냉기가 느껴졌다. 태양이 저물자 망루의 평평한 공간은 이내 대학생과 수공업 수습생, 그리고 몇몇 명예를 중시하는 시민들과 일몰 광경을 즐기려는 부인과 딸들로 붐볐다. 영혼을 흔들어 깨워 기도할 마음이 들도록 만드는 감동적인 순간이었다. 15분 정도 말없이 진지한 모습으로 공처럼 둥근 태양의 아름다운 불덩어리가 서쪽으로 천천히 가라앉는 것을 보며 서 있었던 것 같다. 저녁놀로 붉게 얼굴이 빛나던 사람들은 무의식적으로 손을 모아 쥐었다. 사제가 이제 주님의 몸을 들어 올리고 팔레스트리나*의 영원한 천국을 찬송하는 오르간 소리가 울려 퍼지는 대성당에 같은 배를 탄 은밀한 공동체의 일원이 되어 함께 있다는 생각이 들었다.

기도하듯 명상에 잠긴 나는 곁에 있던 누군가가 소리 지르는 것을 들었다.

---

* 팔레스트리나 : 르네상스 시대의 이탈리아 작곡가 조반니 피에를루이지 다 팔레스트리나(Giovanni Pierluigi da Palestrina, 1525~1594)를 말한다.

"얼마나 아름다운 자연인가!"

함께 방을 쓰는 젊은 상인의 가슴에서 우러나온 외침이었다. 젊은이 덕분에 다시 정신을 차린 나는 숙녀들에게 일몰과 관련된 멋진 이야기들을 들려줄 준비를 했다. 그리고 아무 일도 일어나지 않았다는 듯 침착하게 그들을 방으로 안내했다. 그들은 1시간 정도 대화를 더 나누어도 좋다고 했다. 지구가 회전하듯이 우리의 대화는 태양을 중심으로 전개되었다. 노부인은 안개 속에 잠긴 태양을 두고 점잖은 하늘이 사랑하는 애인인 지구가 차려입은 넓게 펼쳐진 하얀색 신부 면사포에 떨어뜨린 붉게 타오르는 장미처럼 보인다고 말했다. 그러자 이러한 자연 광경을 자주 보면 볼수록 감동은 줄어들기 마련이라고 딸이 웃으며 말했다. 노부인은 괴테의 여행 서간*에 등장하는 한 구절을 들려주면서 그녀의 생각을 바로잡으려 했다. 그리고 《젊은 베르테르의 슬픔》을 읽어 본 적이 있냐고 나에게 물었다. 우리는 앙고라 고양이, 에트루리아산 화병, 터키산

---

* 《이탈리아 기행(Italienische Reise)》(1816)을 가리키는데, 1786년부터 괴테가 이탈리아를 여행하면서 쓴 기행문과 편지 모음이다. 이탈리아 여행은 괴테에게 고전주의를 지향하는 전환점이 되었다.

목도리, 마카로니, 바이런*에 관한 대화를 나누었던 것 같다. 특히 노부인은 속삭이듯 탄식하면서 바이런의 시 중 일몰과 관련된 시구 몇 개를 매우 멋지게 낭독했다. 영어는 알지 못하지만, 그 시를 익히길 원하던 젊은 숙녀에게 나는 아름답고 재치 넘치는 여류 시인인 엘리제 폰 호엔하우젠*이 번역한 것을 추천했다. 아울러 그런 기회를 나는 놓치지 않았는데, 특히 젊은 숙녀들과 마주할 때면 더욱 그랬지만, 나는 바이런의 신성 모독, 애정 없는 태도, 암울함, 그리고 그 밖의 더 많은 것에 대해 그녀와 열띤 이야기를 주고받았다.

대화를 마친 후에도 나는 여전히 브로켄에서 거닐고 있었다. 밤은 아직 어둡지 않았고 피어오른 안개도 짙지 않았다. 멀리 아스라이 테두리만 보이는 두 개의 언덕은 마녀들의 제단과 악마의 설교단이었다. 나는 권총을 쏴 보

---

* 바이런 : 영국의 작가이자 철학가 조지 바이런(George G. Byron, 1788~1824)을 말한다.
* 엘리제 프리데리케 폰 호엔하우젠(Elise Friederike von Hohenhausen, 1789~1857)은 독일의 시인이자 번역가다.

앉다. 반향은 없었다. 그런데 갑자기 익숙한 목소리가 들리는 게 아닌가. 누군가가 나를 포옹하고 입맞춤했다. 나보다 나흘 후 괴팅겐에서 출발한 친구들이었다. 그들도 이 블록스베르크*에 외로이 서 있는 나를 발견하고 무척 놀랐던 모양이다. 우리는 이야기를 주고받고 놀라며 약속하고 웃으며 옛일을 기억했다. 많은 것을 깨닫도록 해 준 시베리아에서의 체험, 이를테면 곰들이 묶여 있는 여관, 사냥꾼에게 저녁 인사를 건네는 검은담비 같은 진기한 장면들이 다시 머릿속에 떠올랐다.

 큰 방에 저녁 만찬이 마련되었다. 두 줄의 기다란 테이블에 굶주린 대학생들이 앉았다. 처음에는 대학 사회에서 일어날 수 있는 흔한 일들에 관한 이야기들이 오갔다. 결투, 결투, 그리고 결투. 모인 사람들 대다수가 할레 출신이어서인지 할레가 대화의 주요 주제였다. 궁정 고문 슈츠가 사는 집의 창유리는 조명을 받으면 매번 다르게 빛난다

---

* 블록스베르크 : 브로켄의 또 다른 이름이다. 마녀들이 춤추는 곳으로 잘 알려져 있다.

는 이야기, 그리고 최근 주목받았던 키프로스 군주 선출 건에 관한 이야기가 등장했다. 왕이 친아들을 다음 군주로 선택했는데, 그가 리히텐슈타인 출신 공주의 왼쪽 다리와 혼인했고, 공식 소실을 쫓아냈으며, 감동한 신하들이 규정에 맞추어 울었다는 내용이었다. 하찮은 이야기였다. 그래서 할레 친구들의 이런 이야기에 관해 내가 자세하게 언급할 필요는 없을 것 같다. 그런데 그야말로 시시한 이야기들은 그다음부터 시작했다. 현재는 중국 미학을 연구하는 할레의 대학 강사들이 관리하고 있지만, 2년 전 베를린에서도 전시된 적이 있는 중국인 두 명이 그려진 벽지에 관한 이야기였다. 실없는 농담에 불과한 이 이야기는 독일인이 나타나면 돈을 주겠다는 상황을 가정한 것이었다. 독일인을 찾는 광고 전단의 내용은 이렇다. 독일인 여부는 칭챙총과 히하호라고 하는 중국인들이 판단하고, 시험 당사자는 주로 철학, 끽연, 인내로 구성된 재주를 선보여야 하며, 그 가련한 독일인이 떨어뜨린 맛있는 빵 부스러기를 개들이 냉큼 집어삼킬 수 있으니 먹이를 주는 시간인 12시에 개를 데리고 오면 안 된다는 내용이었다.

최근 베를린에서 있었던 정화 의식*에 참여했던 한 젊은 대학생은 베를린에 관한 이야기를 많이 했다. 하지만 매우 편중된 내용이었다. 그는 베를린 거리를 관찰하고 연극 공연장을 방문했는데, 모든 게 엉터리라는 것이었다.

"요새 청소년들은 너무 빠르게 단어를 만들어 쓰지."

화려한 분장실, 배우들의 추문 등에 관한 단어가 그렇다는 것이다. 하지만 이 젊은이는 베를린에서 사물의 외적인 것, 즉 껍데기에 불과한 것이 대체로 모든 곳에서 중요한 역할을 한다는 사실을 모르고 있다. 일반적으로 사람들이 자주 쓰는 상투어인 "지칠 대로 지쳤어"는 이미 충분할 정도로 그 의미를 전달하고 있는데, 허상 같고 의미 없어 보이는 것들은 우선은 무대 위에서 쓰이면서 제대로 유행을 타야만 한다. 그래서인지 연극 감독들이 신경을 쓰지 않을 수 없는 것들이 있다. 이를테면 수염 색깔은 그 자체만으로 역할을 충분히 하고 있으므로 중요하고, 의상도 사실임을 맹세할 수 있는 역사학자에 의해 충실하게 고증되며, 해당 분야에서 전문적으로 훈련한 재단사에 의해 만들어져야만 하는 것이다. 그것은 꼭 필요하다. 마리아

---

* 가톨릭교에서 성모 마리아의 정결 의식을 기념하는 축일이다. 주님 봉헌 축일로도 불린다.

슈투아르트*가 앞치마를 두르고 있는 것은 안나 여왕 시대에 그것이 유행이었기 때문이다. 그런데 은행가 크리스티안 굼펠이 그런 차림이었다면, 그래서 예술적 환상을 모두 파괴했다면, 그는 비난받아도 마땅하다. 가령 영국의 권력자 버글리 경이 실수로 하인리히 4세의 바지를 입고 있다면, 친정 성이 릴리엔타우인 여성 작전 참모 폰 슈타인초프는 밤새 눈에 떠오르는 시대착오적인 모습에 괴로워할 것이다. 총감독들이 고심하는 이러한 세심한 기만술은 앞치마와 바지에 국한하지 않는다. 연극에 등장하는 복잡한 관계 속의 인물 역시 그렇다. 리히텐슈타인 교수가 명시했듯이, 앞으로 오셀로*는 정말 무어인에 의해 연기되어야 하고, 그것을 위해 아프리카에서 적합한 인물을 데리고 와야 할지도 모른다. 〈인간의 증오와 후회〉*의 등

---

* '마리아 슈투아르트(Maria Stuart)'는 프리드리히 실러(Friedrich Schiller, 1759~1805)의 작품 제목이자 주인공 이름이다. 1800년에 초연되었다.

* 오셀로 : 셰익스피어의 4대 비극 중 하나인 〈오셀로(Othello)〉에 등장하는 주인공의 이름이다.

* 〈인간의 증오와 후회(Menschenhass und Reue)〉(1790)는 독일의 극작가 아우구스트 폰 코체부(August von Kotzebue, 1761~1819)의 드

장인물인 오이라리아는 실제로 버림받은 여자가, 페터는 어리석은 청소년이, 미지의 사람은 간통한 여자의 남편이 연기해야만 할 것이다. 그리고 이 사람들을 아프리카에서 데리고 오라고 지시할 필요도 없을 것이다. 〈관계의 힘〉*에서는 몇 차례 따귀를 맞은 적이 있는 실제의 예술가가 주인공 역할을 연기해야 하고, 〈할머니〉*에서 예술가 역할은 실제로 강도질을 당하거나, 최소한 도둑질을 당한 경험이 있는 사람이 맡아야 할 것이다. 맥베스 부인 역시 그렇다. 그녀의 역할은 티크*가 요구하듯이 본성적으로는 다정한 편이지만 암살자의 피맺힌 눈빛을 지닌 여성이 맡고, 마지막으로 사악한 부름* 역할을 하기 위해서는 천박

라다마.

* 〈관계의 힘(Macht der Verhältnisse)〉(1815)은 독일의 극작가 루트비히 로베르트(Ludwig Robert, 1778~1832)의 비극이다.

* 〈할머니(Ahnfrau)〉(1817)는 독일의 극작가 프란츠 그릴파르처(Franz Grillparzer, 1791~1872)의 비극이다.

* 티크 : 독일 작가 루트비히 티크는 셰익스피어의 문학 작품 번역가로도 활동했다.

* 사악한 부름 : 실러의 시민 비극 〈간계와 사랑(Kabale und Liebe)〉(1784)에 등장하는 인물이다.

하고, 재치가 없으며, 야비한 성품을 보여 줄 수 있는 사람이어야 하고, 부름이 사악함의 극치를 보여 줄 때 같은 심성을 가지고 있는 사람들도 다음과 같이 경탄을 자아낼 수밖에 없는 그런 사람이어야 한다.

"여러모로 보아 지독한 악당이 분명하군!"

위에서 언급했던 젊은이가 베를린에서 벌어지고 있는 연극 상황을 올바로 알지 못한다면, 그는 북, 코끼리, 나팔, 징을 동원한 스폰티니*의 군악대와 다름없는 오페라에 관해서는 더욱 알 수 없을 것이다. 관악기와 타악기를 동원한 이러한 방식은 유약한 심성을 가진 민중에게 호전성을 불어넣기 위해 일찍이 플라톤과 키케로도 정말 영리한 수법이라고 도입을 적극적으로 추천했던 탁월한 수단이 아닐 수 없다. 아울러 젊은이는 발레의 외교적 중요성에 관해서 아무것도 아는 것이 없었다. 그래서 나는 그에게 작가 부흐홀츠*의 머리보다 무용수 오게*의 발에 정

---

* 스폰티니 : 이탈리아의 오페라 작곡가 가스파레 스폰티니(Gaspare Spontini, 1774~1851)를 말한다.

* 부흐홀츠 : 독일의 작가이자 진보적 자유사상가 파울 페르디난트 프리드리히 부흐홀츠(Paul Ferdinand Friedrich Buchholz, 1768~1843)를 가

치성이 더 깃들어 있다는 것을 열심히 가르쳐 주었다. 무용 순회공연은 그에게 곧 외교 교섭을 의미하고, 그의 동작 한 가지 한 가지는 정치적 관련성을 내포하고 있는데, 예컨대 그가 동경하듯 몸을 앞으로 굽히면, 그것은 우리 독일의 내각을 의미하는 것이고, 두 손을 크게 뒤흔들면 연방 의회를, 그가 발 하나로 그 지점에서 벗어나지 않으면서 수백 번 회전하는 것은 작은 왕국의 군주를, 두 다리를 붙이고 총총걸음으로 걸을 때는 유럽의 안정을, 그가 술에 취한 사람처럼 이리저리 흔들거리면 의회 상황을 암시하는 것이며, 마지막으로 팔을 구부려 실뭉치 모양으로 팔짱을 끼는 것은 위대한 동방의 친구들*을 의미하는 것인데, 그는 점점 멀어지면서 높은 데로 발걸음을 옮기고,

리킨다.

* 오게 : 프랑스의 발레 무용수 미셸 프랑수아 오게(Michel François Hoguet, 1793~1871)로, 그는 1848년 혁명 시기 왕당파 옹호 입장 때문에 공격받기도 했다.

* 위대한 동방의 친구들 : 하이네의 문학 작품 전체를 관통하는 주제 중 하나는 유대다. 특히 하이네는 동방 유대교를 타락한 서구 유대교에 대비되는 모범으로 제시했다. 이러한 맥락에서 "위대한 동방의 친구"를 동방 유대인으로 해석해도 좋을 것이다.

그곳에서 같은 자세로 오랫동안 서 있더니 갑자기 엄청난 높이로 도약했다고 나는 청년에게 설명해 주었다. 왜 무용수가 위대한 작가보다 더 영예로운지, 왜 발레가 외교 단체들에게 고갈되지 않는 대화의 대상이 된다는 것인지, 왜 아름다운 무용수가 정치적 체계 안으로 그녀를 끌어들이려고 밤낮으로 애쓰는 장관과 아직도 은밀한 대화를 나누는지, 청년은 갑자기 깨달은 듯한 표정을 지었다. 아피스!* 대중은 셀 수 없이 많다. 그러나 연극을 보려는 사람의 수는 밀교를 믿는 사람만큼이나 적구나! 여기 어리석은 민중이 서서 하품하고, 도약과 회전에 감탄한다. 그리고 해부학 공부를 하듯 르미에르*의 동작을 뜯어보고, 뢰니슈의 앙트르샤*에 갈채를 보낸다. 그리고 우아하다고, 조화롭다고, 요부*에 대해 수다를 떤다. 그런데 무용수의 춤에 숨겨져 있는 조국 독일의 비극성을 깨달은 사람은 아

---

* 아피스 : 고대 이집트 사람이 숭상하던 성스러운 소다.
* 르미에르는 오게의 발레 파트너였다.
* 뢰니슈의 앙트르샤 : 발레에서 도약하는 동안에 발뒤꿈치를 여러 번 치는 동작이다.
* 요부(腰部)란 생식기를 포함한 허리 부분을 가리킨다.

무도 없다.

　이렇게 대화가 오가는 동안에도 사람들은 매우 유용한 어떤 것을 결코 눈에서 놓치지 않고 있었다. 바로 고기와 감자 등으로 가득 채워져 있는 커다란 접시였다. 그러나 맛있다고 말할 수는 없었다. 이것을 나는 옆 사람에게만 살짝 말했다. 그는 억양으로 보아 스위스 사람인 것을 알 수 있었다. 그는 내 말을 매우 퉁명스럽게 받으면서 독일인들은 진정한 자유라든가, 진정한 만족을 알지 못한다고 대답했다. 글쎄, 잘 모르겠다는 표시로 나는 어깨를 으쓱했지만, 내가 알기에 영주의 말을 잘 듣는 졸개라든가 온갖 달콤한 것을 만들어 내는 자들은 온통 스위스 사람이 아닌가. 그렇게 불리고 있지 않은가. 스위스의 자유를 위해 싸운 영웅들, 대중에게 자신의 정치적 대범함을 과시하는 그들이 나에게는 토끼로 보인다. 공공연히 시장에서 총을 발사하고 어린이와 농부들을 놀라게 하면서 자신이 용감한 사람이라고 떠벌리지만, 그들은 그저 토끼다.

　알프스의 아들은 물론 나쁜 뜻으로 말한 것은 아니었다.
　"한 남자가 있었는데 뚱뚱했다. 그러므로 그는 착한 사람이다."

세르반테스*가 한 말이다. 하지만 건너편에 있는 이웃, 그라이프스발트* 출신인 그는 잔뜩 언짢은 표정이었다. 그는 독일의 용기와 소박함은 아직도 사라지지 않았다고 단언하면서 주먹으로 요란하게 가슴을 치고, 막대기처럼 생긴 어마어마하게 기다란 잔에 담긴 밀맥주*를 비웠다. 스위스 사람이 말했다.

"자! 자!"

스위스 사람은 흥분을 가라앉히기 위해 이 말을 했다. 그러나 그럴수록 더 눈에 불을 켜고 음식 접시에 달려들었다. 그는 이가 호황을 누리고 미용사가 굶을까 두려워하던 시기에 살던 남자였다. 길게 머리를 늘어뜨린 그는 기사들이 쓰는 챙 없는 납작모자를 쓰고, 독일 중세풍의 검은색 상의와 조끼처럼 보이기 쉬운 지저분한 셔츠를 입고

---

* 세르반테스 : 스페인의 소설가이자 극작가인 미겔 데 세르반테스(Miguel de Cervantes, 1547~1616)를 말한다.
* 그라이프스발트 : 메클렌부르크포어포메른주에 있는 도시다.
* 기다란 잔에 담긴 밀맥주 : 독일 바이에른 스타일의 밀맥주 바이스비어(Weissbier)로 바이첸비어(Weizenbier)로도 불린다.

있었으며, 블뤼허*의 백마를 상징하는 장식 털이 달린 조그만 메달을 목에 걸고 있었다. 그는 정말이지 바보 같은 존재였다. 저녁 식사 시간에 나는 재미 삼아 수작을 걸었다. 그래서 그와 애국심을 자극하는 논쟁을 의도적으로 벌였다. 그는 독일이 38개의 관구로 나뉘어야 한다고 주장했다. 이에 나는 48개가 되어야 하는데, 그래야 독일을 소개하는 체계적인 안내서를 쓸 수 있고, 삶과 과학을 연결하는 건 필수라고 반박했다. 그라이프스발트에서 온 친구는 독일 방랑 시인이었다. 나에게 털어놓은 것처럼, 그는 영웅 헤르만*과 헤르만 전투를 찬양하는 내용의 민족 영웅에 관한 시를 쓰고 있다고 했다. 그래서 나는 이 서사시를 쓰는 데 유용한 정보를 주었다. 우선 나는 그가 토이토부르크 숲**의 진펄과 통나무 깐 길을 물과 관련되거나

---

* 블뤼허 : 게프하르트 레헤레히트 폰 블뤼허(Gebhard Leberecht von Blücher, 1742~1819)로 나폴레옹에 대항해 싸운 프로이센의 육군 원수다.

* 헤르만(Herrmann)의 로마식 이름은 아르미니우스(Arminius)로 9세기 로마군에 맞서 싸운 게르만인이다. 여러 작가에 의해 독일 민족의 영웅으로 미화되었고, 제3 제국 시기에는 나치 선전의 효과적 도구로 적극적으로 활용되었다.

울퉁불퉁함을 의미하는 시구와 같이 의성어에서 나타나는 형태적 특성으로 암시할 수 있어야 하고, 바루스*와 나머지 로마인들이 어리석고 불합리한 말을 하는 사람이라는 것을 보여 주는 것은 애국심을 자극하는 미묘한 요소가 될 것이라고 했다. 이러한 기교를 통해 그가 베를린의 시인들이 성공했던 것처럼 예사롭지 않은 예술적 환상을 만들어 내기를 바란다고 나는 말했다.

우리가 앉은 자리는 시간이 흐를수록 더 시끄러워지고 친밀감도 더욱 두터워졌다. 이제 맥주 대신 포도주가 술자리를 차지했다. 끓인 오색주에서 증기가 피어올랐다. 모두가 술을 마시고 담배를 피우며 노래를 불렀다. 국가 원수를 찬양하는 옛 노래, 뮐러, 뤼케르트, 울란트* 등의

** 토이토부르크 숲 : 독일 니더작센주와 노르트라인베스트팔렌주에 걸쳐 있는 낮고 울창한 숲이다. 로마군에 맞선 게르만족, 특히 영웅 헤르만이 이끄는 게르만군이 로마군을 이 숲으로 끌어들여 대승을 거두었다.

* 바루스 : 로마 제국의 정치가이자 장군 푸블리우스 킨크틸리우스 바루스(Publius Quinctilius Varus)를 말한다.

* 빌헬름 뮐러(Wilhelm Müller, 1794~1827), 프리드리히 뤼케르트

멋진 노랫소리가 울려 퍼졌다. 아름다운 멜로디였다. 그중 최고는 아른트*의 노래에 등장하는 독일적인 단어들이다. "강철이 자라도록 하신 주님은 노예를 원치 않으시리라!" 윙윙거리는 바람 소리가 창밖에서 들렸다. 산도 함께 노래를 부른 것일까. 술에 취한 몇몇 친구들은 산도 흥겨워서 벗어진 머리를 흔들어 대는 바람에 우리가 있는 방이 이리저리 흔들렸다고 주장했다. 술병들은 비어 가고 얼굴은 취기에 잔뜩 달아올랐다. 소리 지르는 사람이 있는가 하면, 가성으로 노래하고, 연극 대사의 한 구절을 낭송하는 사람도 있었고, 라틴어로 말하고, 절제에 관해 설교하며, 의자 위에 서서 강의하는 사람도 있었다.

"신사 여러분! 지구는 둥근 원통입니다. 사람은 그 위에 던져진 작은 막대 모양의 조각이죠. 악의 없이 흩뿌려진 존재들이라는 겁니다. 그런데 원통은 계속 돕니다. 그래

(Friedrich Rückert, 1788~1866), 루트비히 울란트(Ludwig Uhland, 1787~1862), 세 명 모두 독일의 시인으로 이들의 시를 노랫말로 많은 가곡이 작곡되었다.

* 아른트 : 에른스트 모리츠 아른트(Ernst Moritz Arndt, 1769~1860)는 독일의 시인이자 역사학자다.

서 조각들은 이리저리 서로 부딪히고 소리가 납니다. 어떤 건 자주, 어떤 건 가끔. 그러면서 매우 아름답고 복잡한 음악을 만들어 내죠. 이것이 무엇이냐 하면, 바로 세계사라는 겁니다. 자, 우선 음악에 관해 이야기합시다. 그리고 세계, 마지막으로 역사에 관해서. 그런데 마지막은 실증주의와 스페인 청가뢰로 나눕시다."

이런 식으로 의미와 무의미의 뒤섞임이 지속되었다.

오색주 잔에 코를 대고 행복한 미소를 지으며 냄새를 맡는 메클렌부르크 출신의 인정미 넘치는 친구는 슈베린의 연극 공연장 부설 뷔페에 다시 온 것 같다고 말했다. 다른 친구는 소형 망원경을 보듯 눈앞에 포도주잔을 바짝 대고 우리를 주의 깊게 관찰했다. 흘린 붉은 포도주가 그의 뺨을 타고 흐르며 돌출된 입 안으로 들어갔다. 그라이프스발트 친구가 갑자기 감탄한 듯 내 가슴에 와락 덤벼들며 환호를 울렸다.

"오, 너는 나를 이해하는구나. 나는 사랑에 빠진 사람이다. 나는 행복한 사람이다. 나는 다시 사랑받을 것이다. 그런데 빌어먹을! 가슴이 크고 흰옷을 입은 그녀는 피아노를 연주하는 교양을 갖춘 아가씨란 말이야!"

스위스 친구는 울면서 부드럽게 내 손에 입을 맞추었

다. 그리고 징징거렸다.

"오 베벨리! 오 베벨리!"

접시가 춤을 추고 유리잔이 날아다니는 그야말로 정신없고 번잡한 분위기 속에서 나는 두 젊은이가 건너편에 있는 것을 발견했다. 대리석 조각처럼 잘생기고 창백한 모습이었는데, 한 사람은 아도니스, 또 다른 사람은 아폴론과 닮았다. 포도주가 그들의 뺨을 타고 흐를 때 느껴질 듯 말 듯 옅은 장미 향기를 느낄 수 있었다. 두 사람은 눈을 통해 생각을 읽을 수 있다는 듯이 영원한 사랑의 시선으로 상대방을 쳐다보았다. 반짝거리는 눈은 경건한 모습의 천사가 하나의 별에서 다른 별로 옮기는 노도와 같이 활활 타오르는 사랑의 불꽃에서 떨어진 빛 방울 같았다. 두 사람은 그리움에 사무쳐 떨리는 목소리로 작게 이야기했다. 그것은 슬픈 이야기였다. 그리고 참을 수 없을 만큼 고통스럽다는 듯이 한 사람이 다음과 같이 말하고 한숨지었다.

"로레도 지금은 죽고 없어!"

잠시 뜸을 들이더니 그는 어떤 대학생을 몹시 사랑했던 할레의 한 소녀에 관해 말했다. 그가 할레를 떠나자 그녀는 아무것도 먹지 않고 밤낮으로 울면서 연인이 언젠가 선물로 주었던 카나리아 새만 바라보았다는 내용이었다.

"그런데 새가 죽었고, 바로 뒤따라 로레도 죽었어!"

이야기의 결말이었다. 두 젊은이는 다시 말을 멈추고 가슴이 부서진 듯 훌쩍거렸다. 이윽고 다른 젊은이가 말했다.

"내 영혼이 깊은 슬픔에 빠졌구나! 가자, 어두운 밤이 지배하는 밖으로 나가자! 구름의 숨결과 달빛을 마시련다. 내 고통의 동반자여! 너를 사랑한다. 네 말은 속삭임처럼, 미끄러지듯 흐르는 강물처럼 들리는구나. 내 가슴에서 울리는 네 이야기, 그러나 내 영혼은 슬픔에 빠졌다!"

두 젊은이는 자리에서 일어났다. 한 사람이 다른 사람의 목에 팔을 감았다. 그리고 광란의 도가니나 다름없는 방을 빠져나갔다. 나는 그들의 뒤를 밟았다. 그들이 어두컴컴한 작은 방에 들어가는 것을 지켜보았다. 한 사람이 창문 대신 커다란 옷장 문을 열었다. 그리고 두 사람은 장롱 앞에서 갈망하듯 팔을 활짝 벌리고 서서 말을 주고받았다.

"어슴푸레한 밤의 대기여!"

한 사람이 외쳤다.

"상쾌한 바람으로 내 뺨을 식혀 주는구나! 너풀거리는

내 고수머리를 가지고 귀엽게 장난치는구나! 내가 있는 곳은 구름 낀 산 정상, 발아래 도시의 사람들은 모두 잠이 들었다. 강의 푸른색이 명멸한다. 들어라! 아래 계곡의 전나무들의 소리를! 선조들의 망령이 안개처럼 흐릿한 모습이 되어 저기 언덕을 넘어간다. 오, 그대들과 함께 구름 말을 타고 폭풍우 몰아치는 밤을 뚫고, 거칠게 파도치는 바다 위를 지나, 별들이 있는 저 위를 향해 돌진할 수 있다면! 그러나 아! 나는 고통을 짊어졌다. 내 영혼은 슬픔에 잠겨 있다!"

이번에는 다른 청년이 똑같이 옷장을 향해 갈망하듯 팔을 활짝 벌리고 섰다. 그의 눈에서 눈물이 물 흐르듯 흘러내렸다. 그는 달로 간주한 누런색 가죽바지를 향해 애처로운 목소리로 말했다.

"그대 아름답구나, 하늘의 딸이여! 그대의 평온한 얼굴은 참으로 우아하구나! 사랑스러운 모습으로 이곳으로 온 그대! 별들이 그대가 걷는 동쪽 푸른 길을 따르고 있다. 그대의 모습을 보고 구름이 기뻐한다. 우울한 모습을 벗어던지고 밝아지는구나. 하늘에서 누가 그대와 닮았을까, 밤이 만들어 낸 것일까? 그대 앞에 있으면 별들은 부끄러울 것이니, 녹색으로 빛나는 그 눈을 거두리라. 아침이 되어 그대의 얼굴이 창백해지면, 어디로 도망칠 것인가? 나처럼 그대도 방이 있는가? 애수의 그늘에 살고 있는가? 그대의 자매들이 하늘에서 떨어진 것인가? 그대와 함께 밤을 지배하는 별들은 더는 존재하지 않는다는 것인가? 그렇다, 별들은 아래로 떨어졌다. 오 아름다운 빛, 떨어진 별들을 추모하려 그대는 종종 몸을 숨기지. 하지만 언젠가 밤은 다시 올 것이다. 그리고 그대, 그대 역시 사라지고 저 높은 곳 푸른 길을 떠날 것이다. 그때 그대 앞에서 부끄러워했던 별들이 녹색 머리를 다시 들어 올리고 기뻐할 것이다. 하지만 지금 화려하게 빛나는 옷을 입은 그대, 하늘의 권좌에서 아래를 굽어보아라. 구름을 열어 흩어지게 하라. 오 바람, 바람으로 밤이 낳은 것들을 빛내고, 나무가 우거진 산을 반짝이게 하라, 끓어오르는 파도에 빛을 비추어라!"

유명한 친구가 하나 있다. 몹시 마른 편은 아니지만, 그는 오늘 음식보다 술을 더 많이 마셨다. 늘 그렇듯 저녁 식사로 여섯 명의 친위 장교와 아이 하나가 배불리 먹을 수 있는 양의 고기를 먹어 치웠지만 말이다. 이 친구가 오늘 나를 몹시 웃도록 만들었다. 쏜살같이 달려온 그가 비애에 젖은 두 친구를 우악스럽게 옷장 안으로 집어 처넣은 것이다. 그리고 덜커덩 소리를 내며 현관문을 열고 나가더니 밖을 아주 엉망으로 만들어 버렸다. 홀 안의 소음은 여전했다. 정신이 몽롱할 지경이었다. 옷장 안의 두 젊은 이는 비탄에 젖어 징징거렸다. 바닥에 누운 두 사람의 목에서 붉은 포도주가 흘러내렸다. 한 사람이 다른 사람에게 말했다.

"안녕! 내가 피를 흘리고 있구나. 봄의 대기야, 왜 나를 깨우느냐? 너는 애써 이렇게 이야기하는구나. '나는 천상의 물방울로 너를 축인다. 그러나 꽃처럼 시들어 가는 마지막 순간이 가까워졌다. 무성한 잎들을 파괴하는 폭풍이 다가온다! 내일이면 아름다운 내 모습을 보았던 방랑자가 올 것이다. 그리고 풀밭 주변을 돌며 나를 찾겠지. 하지만 나를 발견하지 못할 것이다.'"

그때 미쳐 날뛰는 굵은 저음의 익히 알고 있는 소리가 들렸다. 바깥 문 앞에서 그는 온갖 저주를 퍼붓고 기괴한 환성을 지르며 어두운 베엔더 거리에 불 켜진 등이 없어서 돌을 던져 유리창을 깨뜨린 놈을 볼 수 없다고 불평을 늘어놓고 있었다.

겸손한 성격의 나는 마신 술병의 수를 감히 셀 용기가 없었다. 나는 술기운을 잘 견딜 수 있었고 꽤 좋은 몸 상태로 방에 돌아왔다. 젊은 상인은 이미 침대에 누워 있었다. 분필처럼 하얀 나이트캡과 샤프란색의 건강에 좋은 플란

넬 재킷을 입은 그는 아직 잠들지 않은 채였고 나와 대화를 나누고 싶어 했다. 프랑크푸르트 암 마인 출신의 그는 아름답고 고귀한 것에 마음을 빼앗긴 유대인들이 영국 제품을 공장도 가격보다 25퍼센트나 저렴하게 팔 거라는 이야기를 꺼냈다. 불현듯 그를 놀리고 싶다는 생각이 들었다. 그래서 나는 몽유병자인 내가 어쩌면 자다가 그의 숙면을 방해할 수도 있으니 미리 양해를 구한다고 말했다. 다음 날 그가 나에게 실토한 것이기도 하지만, 가련한 청년은 침대 앞에 둔 권총으로 내가 몽유병 상태에서 불행한 사고를 일으킬지도 몰라 두려운 나머지 밤을 꼬빡 새웠다고 했다. 그렇다고 해서 내가 그보다 상황이 좋았던 것은 아니었다. 잠을 설쳤기 때문이다. 꿈에서 보았던 것들, 황량한 황무지, 두렵기만 한 환상적인 장면들, 단테의《지옥 편》이 피아노로 연주되고 있었다.* 게다가 마지막에는 간스의 역겨운 텍스트를 바탕으로 스폰티니가 작곡한 오페라 〈팔치디아〉*가 상연되고 있는 것도 보았다. 끔찍한

---

* 단테의《지옥 편》: 헝가리 태생의 작곡가 프란츠 리스트(Franz Listz, 1811~1886)의 〈단테 소나타(Dante Sonata)〉를 말하고 있다.

* 팔치디아(falcidia)는 스페인어로 법률을 의미한다.

꿈이었다. 로마의 법정은 휘황찬란하게 빛났다. 위풍당당한 모습의 주름 잡힌 토가를 늘어뜨린 채 의자에 앉은 대법관 괴셰누스는 요란하게 알 수 없는 내용의 레치타티보*를 쏟아 내고, 사랑스러운 여성성을 마음껏 드러낸 전설적인 프리마돈나 마르쿠스 툴리우스 엘베르수스는 "로마 시민이라면 누구나 용기를 내세요"*를 열창하며, 붉은 벽돌색으로 분장하고 울부짖는 판사 시보들은 변성기가 오지 않은 미성년 합창대가 맡았다. 몸에 착 붙는 피부색 트리코 차림의 천재들 역을 맡은 대학 강사들은 유스티니아누스 대제 이전에 유행했던 발레를 추고, 꽃으로 열두 개의 석판을 장식하며, 천둥과 번개가 치는 가운데 땅에서 로마 제국의 법을 제정한 모욕당한 망령들이 모습을 드러냈다. 고조되는 트롬본과 징 소리, 빗발처럼 쏟아지는 불꽃, 모든 원인이 드러나니.*

---

* 레치타티보(Recitativo)는 서창(敍唱), 즉 오페라에서 대사를 노래하듯이 부르는 형식을 말한다.

* 라틴어 원문은 'Bravourarie quicunque civis romanus'이다.

* 라틴어 원문은 'Cum omni causa'이다.

이런 소동에서 구해 준 사람은 아침 해를 보라고 나를 깨운 브로켄 산장의 주인이었다. 망루에는 추위 때문에 손을 비벼 대는 할레 출신 사람들 몇 명과 잠에 취해 몽롱한 눈을 한 사람들이 모여 있었다. 그러다가 마침내 어젯밤의 그 은밀한 동지들이 모두 다시 모였다. 입을 다문 채 우리는 지평선에 떠오르는 아조 염료처럼 붉고 작은 구체를 바라보았다. 겨울 빛은 차츰차츰 밝아지면서 주위로 확산했다. 산들은 흰 거품이 이는 바다에 둥둥 떠 있는 것 같고, 불쑥 솟은 봉우리만 보여서 홍수로 범람한 지역 여기저기 마른 흙덩이가 듬성듬성 보이는 작은 언덕에 우리가 서 있다는 생각이 들었다. 내가 보고 느낀 것을 글로 옮긴 다음의 시를 읽어 보기를 바란다.

동쪽은 벌써
태양의 미광만으로 밝아지고,
넓게 펼쳐진 그리고 멀리 있는 산들의 정상은
안개 바다에서 헤엄친다.

내게 7마일을 가는 장화가 있다면,
빠르게 흐르는 바람을 타고 달려가리라,
산 정상을 넘어,

어여쁜 아이들 있는 집을 향하여.

아이들 잠든 침대에서,
조용히 커튼을 걷고,
이마에 살며시,
루비 같은 입에 살며시 입 맞추리.

그리고 더 나지막이 속삭일 것이네,
그 작은 귓구멍에.
우리 사랑을 꿈에서도 되새길 것이네,
영원히 헤어지지 않을 것이네!

그러는 사이, 아침 식사를 향한 갈망이 뜨거워졌다. 주위에 있는 숙녀들에게 몇 마디 공손하게 인사말을 건넨 후 커피를 마시기 위해 아래 따뜻한 방으로 달려갔다. 나의 위장은 고슬라에 있는 슈테판 대성당처럼 텅 비어 있지는 않았다. 그런데 아라비아 음료를 마시니 따뜻한 동방의 기운이 온몸을 타고 흘렀다. 동방의 나라에서 피는 장미 내음이 내 주위를 감쌌고, 페르시아 꾀꼬리의 달콤한 노랫소리가 울려 퍼졌다. 이제 대학생들은 낙타가 되고, 콩그리브* 문학에 등장하는 주인공의 눈을 닮은 브로켄 산장의 아가씨들은 이제 이슬람 후리*로 변했으며, 속물적인 코는 이슬람 사원의 높은 첨탑이 되었다.

  내 옆에 놓인 책은 《코란》이 아니다. 이 책은 엉터리 내용으로 가득 채워져 있다. 그것은 산을 오르는 모든 여행객이 제 이름이나 떠오르는 생각들, 그리고 특별한 것이 없으면, 감상 따위를 적는 브로켄 산장의 방명록이다. 시로 표현한 것도 많고 이런 것도 있다. 브로켄에 오른 속물 근성을 가진 사람이 특별하지도 않은 일상에서 시적 감상에 빠진 척하는 끔찍한 내용이다. 팔라고니아 왕자가 거처하는 궁전, 특히 고상한 척하는 세금 징수원, 과도하게 영혼을 바쳐 정성을 쏟는 계산대 젊은이, 체조 단체 연습장에서 옛 독일의 혁명 분위기를 연출하는 사람들, 불행하게도 무아지경에 빠져 미사여구를 남발하는 베를린의 학교 선생 등이 있는 걸로 유명한 그곳의 방명록도 여기만큼

---

* 콩그리브 : 영국의 극작가 윌리엄 콩그리브(William Congreve, 1670~1729)는 풍자와 희극으로 유명했다.
* 이슬람 후리 : 이슬람 경전에 따르면, 지하드에서 순교한 이슬람 전사들은 천국에서 큰 갈색 눈의 예쁜 처녀들(후리)을 보상으로 받는다.

황당무계하지는 않을 거다. 산장 방명록에서 요하네스 하겔 씨는 자신이 작가라는 것을 알리고 싶었던 모양이다. 그는 일출 때의 멋진 광경을 묘사하는가 하면, 다른 데에서는 좋지 않던 날씨나 기대와 달랐던 것들, 그리고 경치를 볼 수 없도록 만든 안개에 대한 푸념을 적어 놓았다. "안개에 둘러싸여 해가 뜨더니 안개와 함께 해가 져 버렸구나!"는 여기에 끼적거려 놓은 수백 개의 글 중 단연 최고의 시시한 익살이다. 카롤리나라고 하는 어떤 여성은 산을 오를 때 발이 젖었다고 적었다. 그런데 어느 어리석은 녀석은 이 푸념을 읽고 간결하게 다음과 같이 적었다. "써 놓은 글을 보니 나도 축축해지는군요." 방명록에는 치즈 냄새, 맥주와 담배 냄새가 절어 있었다. 클라우렌*의 시시한 소설 한 권을 읽는 기분이었다.

　내가 커피를 마시고 브로켄 산장의 방명록을 뒤적거리

---

* 클라우렌 : 독일 작가 하인리히 클라우렌(Heinrich Clauren, 1771~1854)을 말한다. 하이네는 당대 최고 인기도서 작가였던 클라우렌을 자신의 책 《이념. 르 그랑의 책(Ideen. Das Buch Le Grand)》(1826)에서도 매우 냉소적으로 평가했다.

고 있는 동안에 뺨이 몹시 붉은 스위스 사람이 들어왔다. 그는 감격 어린 목소리로 망루에서 즐겼던 장엄한 광경에 관해 이야기를 늘어놓았다. 태양의 빛은 정갈하고 평온하며, 진리의 표상이고, 화가 머리끝까지 오른 거인이 긴 칼을 휘두르며 뒷발로 선 말 위의 갑옷을 입은 기사, 전차와 펄럭이는 깃발, 그리고 거칠고 무질서한 가운데 진기한 동물들이 등장하는 유령들의 전쟁터 같다고 하면서 모두 기괴한 모습으로 왜곡되고 점점 더 희미해지더니 결국 흔적 없이 사라졌다고 그는 말했다. 선동과 다름없는 이러한 자연 현상을 나는 보지 못했다. 실제로 그런지 안 그런지 그것을 살필 기회가 있겠지만, 맹세하건대, 갈색 커피의 훌륭한 맛 말고는 나는 관심을 두지 않았다. 아, 게다가 그 사람은 내가 어여쁜 숙녀를 망각하도록 만들었다. 그녀는 어머니, 그리고 동반자와 함께 문 앞에서 막 마차에 오르려던 참이었다. 나는 재빨리 그곳으로 달려가서 그녀에게 춥지 않느냐는 말을 건넸다. 내가 더 빨리 오지 않아서인지 그녀의 기분이 좋아 보이지 않았다. 그러나 내가 그녀에게 하루 전 가파른 절벽에서 위험을 무릅쓰고 딴 예쁜 꽃을 내밀자, 언짢은 기색이 역력하던 예쁜 이마의 주름이 다시 펴졌다. 낯설고 이름도 모를 꽃을 받아 가슴 앞에 꽂은 딸의 행동이 마음에 들지 않았나 보다. 그녀의 어머니가 나에게 꽃의 이름을 물었다. 여하튼 어제만 해도 고독하고 높은 데서 오늘 일을 꿈도 꾸지 못했을 꽃이 지금 이 선망하던 곳을 차지한 것이다. 그때 늘 말이 없던 동반자가 갑자기 입을 열더니 꽃실에 관한 이야기를 꺼냈다. 매우 건조한 목소리로 그는 이 꽃이 여덟 번째 꽃과에 속한다고 말했다.

사람도 그렇지만, 나는 신이 만든 사랑스러운 꽃들이 어떤 집단으로, 또한 외적 유사성에 따라, 즉 꽃실의 차이에 따라 나뉜 걸 볼 때마다 짜증이 난다. 굳이 그렇게 분류해야만 한다면, 꽃들을 꽃의 정신이라고 할 수 있는 향에 따라 분류했던 테오프라스투스*의 권고를 따르는 것도 좋을 것 같다. 내 생각을 좀 얘기하자면, 나는 자연 과학에 관련해서 나만의 체계를 가지고 있다. 그것에 따라 나는 모든 것을 분류한다. 사람들이 먹을 수 있는 것과 없는 것이 바로 그것이다.

---

* 고대 그리스의 철학자 테오프라스투스(Theophrastus)를 말한다.

그러나 나에게 질문을 던진 노부인은 꽃의 이러한 은밀한 본성을 알 수 없었다. 거의 무의식적으로 그녀는 정원이나 화분에서 자라는 꽃들을 볼 때 기분이 좋아진다고 말한 적이 있다. 반면 꺾인 꽃을 보면 살짝 마음이 아프면서 불안한 나머지 가슴이 떨린다고 했는데, 손상된 꽃은 사체와 다름없고, 그래서 꺾어진 연약한 꽃 사체가 시든 머리를 힘없이 아래로 떨구고 있는 모습은 죽은 아이의 모습처럼 보인다고 했다. 노부인은 놀라고 있었다. 자신이 꺼낸 말이 그녀 자신을 우울하게 만들 거라고 생각하지 않았던 모양이다. 그러므로 그녀의 심적 충격을 볼테르의 시구로 달래는 일은 당연한 나의 의무였다. 프랑스어 몇 마디로 다시 우리 분위기가 편안해질 수 있다니! 웃음이 터져 나왔다. 손에 입을 맞추고, 자애로운 미소로 마음을 어루만지며, 히힝 말의 울음소리 울리는 가운데 마차는 덜커덕거리며 천천히, 그리고 힘겹게 산에서 내려갔다.

이제 대학생들도 떠날 준비를 했다. 배낭이 꾸려지고, 기대 이상으로 저렴한 숙박비 정산이 이루어졌다. 얼굴에서 행복이 넘치는 사랑의 흔적을 발견할 수 있는 산장 처녀들은 작은 브로켄 꽃다발로 여행객들의 모자를 장식하는 걸 도와주고 있었다. 그들은 답례로 입맞춤을 받거나 동전을 받았다. 그렇게 우리는 모두 하산했다. 스위스와 그라이프스발트에서 온 사람들은 시르케로, 그리고 다른 사람들, 즉 나를 포함해 같은 주에 사는 대략 스무 명의 사람은 길 안내자의 인솔 아래 소위 눈구멍으로 불리는 곳을 지나 일젠부르크를 향해 길을 떠났다.

꽤 빠른 속도였다. 할레 출신의 대학생들은 오스트리아에서 온 국경수비대보다도 빠르게 걸었다. 미처 알아차리기도 전에 우리는 드문드문 돌무더기가 흩어져 있는 황폐한 지역을 지나 전날 보았던 전나무 숲으로 들어섰다. 내리쬐는 태양 빛은 축제가 열린 듯 화창했다. 태양은 익살스럽게 화려한 색상으로 옷을 입은 청년들을 비추었다. 용감하게 덤불 속을 뚫고 들어간 그들은 이곳저곳에서 사라지고 다시 나타나기를 반복했다. 습지가 나타나면 가로놓인 나무줄기를 타고 건너고, 급경사의 깊은 구덩이에서는 휘감긴 덩굴을 이용했다. 환희에 찬 목소리로 함성을 크게 지르면, 산새들이 정겹게 지저귀고 전나무들은 쇄쇄 소리를 내며, 보이지 않는 곳에서 흐르는 샘물들은 졸졸 소리를 냈다. 메아리가 되어 울려 퍼지고 유쾌하게 화답하니, 행복한 청년들과 아름다운 자연은 이렇듯 만나면 서로 기쁜가 보다.

아래로 내려갈수록 흐르는 물소리가 더 사랑스럽게 들렸다. 여기저기 암석과 덤불 아래 반짝이는 건, 밝은 데 나와도 좋은지 엿보는 것일까. 결국 얼마 지나지 않아 샘물이 불쑥 솟아 나왔다. 이제 흔히 보는 장면이 연출되었다. 용감한 자가 나서면, 놀랍게도 겁먹은 사람들은 용기를 내어 앞 사람과 뭉치기 마련이다. 숨어 있던 많은 샘이 서둘러 모습을 드러내어 가장 먼저 등장한 샘과 하나가 되어 위로 솟구치고, 합쳐진 물은 이제 작은 실개천을 만들어 내며, 셀 수 없이 많은 폭포와 굽이굽이 흐르는 강물이 되면서 계곡을 시끌벅적하게 만든다. 그것이 바로 아름답고 정겨운 일제강이다. 강은 축복받은 일제 계곡을 통과한다. 강의 양쪽 면을 보면 산의 형세가 조금씩 높아지는 것을 알 수 있다. 아울러 강의 가장 낮은 곳까지 대부분 너도밤나무와 떡갈나무, 그리고 흔한 관엽수들이 무성하게 자라고 있다. 더는 전나무라든지 침엽수는 찾아볼 수 없다. 큰 잎이 달린 이러한 나무들은 브로켄의 동쪽으로 불리는 하르츠 하부에서, 말하자면 하르츠 상부라 불리고 훨씬 높은 지대여서 침엽수가 자라기에 적합한 서쪽 면과 반대의 위치에서 자란다.

일제강이 소박하며 우아한 자태로 진기하게 생긴 협곡 아래로 즐겁게 흐르는 모습은 말로 형용하기 어렵다. 한쪽에서 강물은 거칠게 위로 솟구치며 쉬 소리를 내거나 거품을 일으키며 넘쳐흐르고, 다른 쪽에서는 마치 물뿌리개처럼 온갖 돌 틈에서 곡선을 그리며 뿜어져 나왔다가 다시 아래 작은 돌들 위로 발랄한 아가씨들이 뛰어다니듯 경쾌하게 흩뿌려진다.

웃음 지으며 생기발랄하게 산 아래로 흐르는 일제강이 어떤 공주였다는 전설은 틀린 이야기가 아니다. 햇빛을 받아 반짝이는 하얀 거품 옷을 보라! 은색의 가슴 조이는 끈이 바람에 펄럭이는 것을 보라! 그녀의 다이아몬드가 번득이는 것을 보라! 높은 키의 너도밤나무는 곁눈질로 사랑스러운 아이의 장난을 빙긋이 미소 지으며 엿보는 근엄한 아버지 같구나! 흔들거리는 흰 자작나무는 흥겹고 잔소리 많지만 무모하게 튀어 오른 물줄기를 근심 어린 표정으로 쳐다보는 아주머니 같다. 위풍당당한 떡갈나무는 날씨가 좋아 씀씀이가 늘어난 것 때문에 짜증이 난 숙부 같다. 하늘을 날아다니는 새들은 박수갈채를 보내고 환호를 울리며 물가에 핀 꽃들은 상냥하게 속삭인다. 오, 우리도 데려가 주오, 우리도 데려가 주오. 사랑하는 자매여! 하지만 흥겨운 소녀는 멈추지 않고 위로 뛰어오르더니 몽상에 빠진 시인을 갑자기 움켜쥔다. 그리고 영롱한 소리의 빛과 화사한 울림 속에 꽃들이 비가 되어 내게로 쏟아진다. 장엄한 광경에 정신을 잃을 지경이다. 들리는 건 피리 소리처럼 달콤한 목소리뿐이다.

    나는 일제강의 공주,
    일젠슈타인에 산다네,
    나의 성으로 함께 간다면,
    우린 행복하리.

    그대의 머리를 축이리라,
    파도치는 맑은 나의 물결로,
    네 고통을 잊으리라,
    그대 근심에 지친 젊은이여!

    하얀 내 팔 안에,
    하얀 내 가슴에,
    누워 꿈꾸리,
    옛 동화의 즐거운 장면을.

그대와 입 맞추고 그대를 껴안으리라,
사랑하는 하인리히 황제를.
내가 품었고 입맞춤했듯이,
이제는 세상을 떠난 그분.

죽은 이는 영원한 죽음의 상태로 남고,
살아 있는 자만이 삶을 영위한다네,
아름답고 생기발랄한 나,
즐거움에 내 가슴이 떨린다네.

내 마음은 저곳 아래에 있네,
수정으로 만든 내 성에서 소리가 나네,
아가씨들과 기사들이 춤추고,
종들이 환호하네.

비단 옷자락 끌리는 소리 나네,
달그락달그락 쇠로 만든 박차 소리 나네,
난쟁이들이 나팔 불고 북 치며
바이올린을 켜고 뿔나팔 부네.

하지만 나는 팔로 그대를 포옹하리라,

하인리히 황제를 껴안았던 것처럼,
나팔 소리 울리면,
그의 귀를 막았었네.

감각으로 인지할 수 있는 자연의 세계가 인간 심성과 만나 함께 흐를 때 우리의 감성은 무한한 행복에 도취하기 마련이다. 초록색 나무, 생각, 새들의 노래, 근심, 푸른 하늘, 기억, 약초 향기는 달콤하고 환상적인 당초무늬처럼 뒤엉킨다. 이러한 느낌을 가장 잘 아는 이는 여성들이다. 우리 남성들은 모든 것을 객관적인 것과 주관적인 것으로 멋지게 분류하고, 약국처럼 우리의 머릿속은 이성과 오성, 그리고 괜찮은 재치와 그릇된 재치, 그리고 아무런 의미도 없는, 이른바 이념이 들어 있는 수많은 서랍으로 채워져 있는데, 우리가 지식을 뽐내며 논리에 상응하는 행동만이 옳다고 자화자찬할 때, 여성의 입가에 매혹적인, 알 수 없는 미소가 떠오르는 것은 바로 그것 때문이다.

꿈속 장면들이 끊임없이 변하듯 우리가 일제 골짜기를 벗어나 어느새 다시 산 위로 올라갔다는 사실을 하마터면 언급하지 않을 뻔했다. 길이 매우 가팔라 사람들을 힘들게 만들었다. 우리 중 여러 사람이 가쁘게 숨을 몰아쉬었다. 우리는 산에서 내려가기 전에 묄른에 묻혀 있는 돌아가신 친척 한 분을 추념했다. 그만큼 마음이 더 여유로워졌다. 그리고 마침내 일젠슈타인에 도착했다.

그곳은 거대한 화강암의 거칠게 솟은 절벽이었다. 절벽은 숲으로 뒤덮인 산으로 삼면이 에워싸였다. 그러나 제4면, 그러니까 북면은 장애물이 없었다. 그곳은 아래 일젠부르크와 일제강 너머 더 낮은 지역까지 조망할 수 있는 장소였다. 철로 된 십자가가 세워져 있는 망루처럼 생긴 절벽 정상은 간신히 네 명이 설 만한 너비였다.

자연이 위치와 형태로 일젠슈타인을 매력적으로 보이게 했다면, 전설은 일젠슈타인을 장밋빛으로 반짝이게 만든다. 고트샬크라는 사람은 이렇게 말한다.

"사람들은 이곳에 부유하고 아름다운 일제 공주가 살던 저주받은 성이 있었다고 한다. 공주는 지금도 매일 아침 일제강에서 목욕하는데, 그 시간을 잘 맞추어 운 좋게 그녀와 만난 사람은 성이 있는 절벽 안으로 가서 왕처럼 호사를 누린다고 한다."*

우리 시대의 가장 잘 알려진 시인*도 《아벤트차이퉁》에서 일제 아가씨와 베스터베르크 기사의 사랑 이야기를 낭만적으로 노래했다. 또한 아름다운 물의 요정 일제와 함께 저주받은 절벽의 성에서 호사스럽게 시간을 보냈던 자는 바로 초기 작센의 황제 하인리히라고 말하는 사람이 있는가 하면, 산의 높이, 자석 바늘의 다른 움직임, 도시들의 채무 상황 등을 성실하게 조사하고 꼼꼼하게 숫자로 기록한 《하르츠 여행안내서》라는 책에서 다음과 같이 주장한 낮은 작위의 귀족인 니만*이라는 신예 작가도 있다.

"아름다운 일제 공주에 관한 이야기를 하는 사람은 이미 환상의 왕국에 발을 들여놓은 사람이다."

한 번도 공주를 보지 못한 사람은 모두 이렇게 말한다. 하지만 이미 아름다운 숙녀들의 총애를 받아 본 우리 같은

---

* 앞서 언급된 1806년도 고트샬크의 책 《하르츠 여행안내서(Taschenbuch für Reisende in den Harz)》의 내용이다.
* 우리 시대의 가장 잘 알려진 시인 : 시인이자 번역가인 테오도르 빙클러(Theodor Winkler, 1775~1856)를 가리키는 것으로 하이네가 언급한 다음의 시는 1824년 9월 8일과 9일자 석간 《드레스덴 아벤트차이퉁(Dresden Abendzeitung)》에 실렸다.
* 니만 : 루트비히 페르난디트 니만(Ludwig Ferdinand Niemann, 1781~1836)은 작가, 독일의 향토 연구가다. 앞은 그의 책 《하르츠 여행안내서(Handbuch für Harzreisende, Halberstadt)》(1824)를 가리킨다.

사람들은 그들보다 더 잘 안다. 하인리히 황제 역시 잘 알았을 것이다. 초기 작센 왕국의 황제가 고향같이 편안한 하르츠에 그토록 마음을 빼앗긴 데는 이유가 있었다. 그저 《뤼네부르크 연대기》*를 몇 장 들춰 보면 된다. 고귀한 머리에는 성스러운 황제 관이 놓여 있고, 왕 지팡이와 칼을 양손에 쥔 채 완전 무장을 한 선량한 노신사들이 역시 무장한 전투마에 높이 앉은 모습을 그린 소박한 목각 그림을 보라. 입 주위에 수염을 기른 사랑스러운 얼굴에서 얼마나 그들이 하르츠 공주의 매혹적인 가슴을, 그리고 하르츠 숲의 살랑거리는 소리를 동경하는가를 분명하게 읽을 수 있다. 독일 사람들이 가지고 있는 전형적인 명예욕이라고 할 수 있고, 또한 그것 때문에 황제와 제국이 몰락했지만, 로마 황제로 불리려는 욕심에 휘둘려 그들은 물론이고 후임자들이 자주 찾던 낯선 곳, 어쩌면 불쾌하고 독이 널린 뵐슈란트*와 같은 곳에서 그 그리움은

---

* 《뤼네부르크 연대기(Die Lüneburger Chronik)》는 기원후 785~1498년 사이 뤼네부르크의 역사적 사실과 사건을 다룬 편년사로 저지 독일어로 작성되었다. 작성 시기는 1414~1498년이다.
* 뵐슈란트 : 프랑스어를 쓰는 스위스 지방이다.

더욱 커졌다.

그러나 나는 일젠슈타인 정상에 오른 모두에게 황제와 왕국도 아니고 일제도 아닌 오로지 자기 발만을 생각하라고 충고하련다. 내가 그곳에 서서 생각에 잠겼을 때 갑자기 마법의 성에서 들려오는 기분 나쁜 소리를 들었기 때문이다. 그리고 나는 사방의 산들이 이상하게 움직이는 걸 보았다. 일젠부르크의 붉은 벽돌 지붕이 춤추고 초록 나무들이 푸른 대기를 날아다녔다. 푸른색과 초록색이 요동치는 바람에 머릿속이 도는 느낌이었다. 몹시 당황한 내가 철 십자가를 꽉 잡지 않았더라면, 절벽 아래 심연으로 추락했을지도 모른다. 내가 자세를 잘못 잡아서 그런 것이라고 독자 여러분은 오해하지 않았으면 좋겠다.

《하르츠 여행기》는 미완의 작품이 되고 말았다. 전체가 조화를 이룰 수 있도록 멋지게 짜 넣은 형형색색의 실들은 잔인한 운명의 여신이 쥔 가위에 의해 잘려 끊어졌다. 어쩌면 앞으로 부를 노래들을 통해 계속해서 실들을 엮어 나갈 수 있을 것이다.* 그리고 지금은 입을 다물고 있어서 하지 못한 많은 말을 장차 온전히 하게 될 것이다. 또한 언젠가 이야기할 수만 있게 된다면, 언제 그리고 어디에서 언급했느냐도 결국에는 드러나게 될 것이다. 작품들은 개별적으로 볼 때 어쨌든 미완성으로 남을 것이다. 모두가 합쳐지면 완전한 하나의 형태가 되겠지만 말이다.* 그렇게 모든 것이 하나가 되어야만 여기저기에서 나타나는 결함들이 보완되고, 거친 부분들이 다듬어지며, 극도로 보기 싫은 표현들이 순화될 수 있을 것이다. 이러한 부분들은 벌써 《하르츠 여행기》의 첫 몇 페이지를 들추면 나타난다. 나는 대체로 괴팅겐에 대해 반감을 품고 있는데,

---

* 독일 연방(신성 로마 제국 붕괴 이후 독일, 오스트리아, 룩셈부르크 지역을 포함하여 성립된 국가)은 1819년 카를스바트 언론법을 도입해 연방 내 모든 저작물의 반사회적, 비윤리적 내용 소재 여부에 대해 사전 심의를 했다. 당대의 진보적 성향의 작가들처럼 하이네 역시 출판 금지 및 검열의 칼날에서 벗어나지 못했고, 그의 프랑스 망명 역시 정치적, 문화적 탄압의 소산으로 볼 수 있겠다. 독일의 편협한 민족주의와 더불어 문화 검열에 대한 풍자는 《하르츠 여행기》 외에도 하이네의 문학 작품에 자주 등장하는 요소이자 특징이다.

* 하이네는 1826년부터 1830년에 걸쳐 '여행 화첩(Reisebilder)'의 제목으로 여러 여행기를 모아 출간했다. 첫 번째 여행기인 《하르츠여행기》 외에 《북해(Die Nordsee)》, 《이념. 르 그랑의 책(Ideen. Das Buch Le Grand)》, 《이탈리아(Italien)》, 《영국 단상(Englische Fragmente)》이 있다.

비록 그것이 내가 말했던 것보다 더 크다고 할지라도, 내가 그곳에서 만난 개인들에게서 느꼈던 존경심만큼이나 그렇게 대단한 것은 아니라는 사실을 독자 여러분들이 알고, 그래서 불쾌한 감정을 덜 느끼면 좋겠다. 그렇다고 해서 내가 왜 침묵을 지켜야 하겠는가. 여기에서 내가 말하고자 하는 사람이 하나 있다. 그는 정말 뛰어난 사람이다. 그는 일찍이 나를 따뜻하게 맞아 주고, 역사 공부에 대한 뜨거운 애정을 나에게 불어넣어 주었으며, 후에는 학업에 대한 열정을 더 뜨겁게 타오르도록 만들어 주고, 내 정신이 정상 궤도에 오르도록 해 주었으며, 삶의 의욕을 잃지 않도록 올바른 방향을 제시하고, 역사 전반에 대한 정신적 위안을 마련해 준 사람이다. 그의 위로가 없었더라면 아마도 나는 현실의 견디기 힘든 현상들을 결코 감당하지 못했을 것이다. 그는 바로 위대한 역사 연구가이며 진정한 인간인 자토리우스*다. 그의 눈은 어두운 우리 시대를 밝히는 별과 같고, 그의 따뜻한 마음은 알지

---

* 자토리우스 : 독일의 역사학자 게오르크 프리드리히 자토리우스 (Georg Friedrich Satorius, 1765~1828)를 가리킨다.

못하는 사람들의 고통과 기쁨, 거지와 왕의 근심, 그리고 멸망하는 민족들과 그들이 믿는 신들에게 활짝 열려 있다.

일제탈이 시작하는 데까지 묘사했던 하르츠의 그곳, 즉 하르츠의 상부인 오버하르츠는 대체로 낭만적으로 채색된 하르츠 하부, 즉 운터하르츠만큼 멋진 풍경을 제공하지는 않는다는 말을 나는 하지 않을 수 없다. 그러나 거칠고 전나무로 덮여 어둑어둑한 분위기의 정경은 운터하르츠와는 강렬하게 대비되는 고유의 아름다움을 선사한다. 아울러 일제강, 보데강, 젤케강, 이렇게 세 개의 강에 의해 형성된 운터하르츠의 절벽들은 우아한 자태를 뽐낸다. 특히 사람의 특성을 부여할 때 그런데, 이제 절벽들은 세 명의 여인처럼 보인다. 그중 누가 가장 아름다운 여인인가는 쉽게 판단할 수 없다. 나를 다정하고 자상하게 품어 주듯이 사랑스럽고 아기자기한 일제강에 대해서는 나는 이미 앞에서 말했고 또한 노래했다. 어둑어둑한 분위기의 아름다움이라 할까, 보데강은 나를 그렇게 총애하듯 맞이하지는 않는다. 내가 처음으로 대장간처럼 침침한 뤼베란트에서 보았던 보데강은 무뚝뚝한 면이 있고 은회색의 안개비에 휘감겨 있었다. 그러나 내가 화강암으로 이루어진 정상인 로스트라페에 오르자 보데강은 안개를 거두어 낸 사랑스러운 모습으로 다가왔다. 나를 쳐다보는 얼굴은 햇빛을 받아 화려하게 빛났고, 매우 자상한 모습으로 속삭이듯 호흡하며, 가슴이 동여매진 듯 절벽에서 힘겹게 내뱉은 동경의 탄식과 애수에 찬 신음이 들리는 듯했다. 애교가 넘친다고 말할 수는 없겠지만, 아름다운 젤케강은 활기가 넘쳤다. 사랑스럽고 우아한 숙녀처럼, 세련된 단순함과 명랑하고 침착한 모습은 감상적인 것에 거리를 두고 있지만, 반쯤 숨겨져 있는 미소는 그녀가 장난기 있는 여자라는 걸 알려 준다. 젤케강과 관련해서 덧붙일 게 있다. 젤케 계곡에서 나는 대단한 것은 아니지만 고생을 좀 했다. 개울을 넘으려다 그만 중간에 넘어져서 젖은 신발을 벗고 장화로 갈아 신은 후였다. 한쪽 장화가 벗겨지고 게다가 갑자기 바람이 부는 바람에 모자가 날아갔는데, 그걸 주우려다 결국 숲에 널린 가시에 다리가 찢기는 상처를 입었다. 그런 데도 어쩔 수 없이 계속 걸어야만 했다. 그렇지만 이런 고생에도 불구하고, 젤케를 기꺼이 용서할 수 있다. 아름답기 때문이다. 지금 그녀가 은근한 매력을 발산하며 상상에 빠진 내 앞에 서 있다. 그리고 이렇게 말하는 것 같다. 내가 웃고 있지만, 그건 당신을 비웃는 게 아니에요. 제발 나를 위해 노래 불러 주세요! 기억 속에 다정다감한 보데강도 떠올랐다. 검은색 눈이 말했다.

"의기양양하지만 고통을 겪는 점에서 그대는 나와 비슷해요, 당신이 나를 사랑했으면 좋겠어요."

아름다운 일제강도 화려하고 매혹적인 표정과 모습으로 내게 다가와 위로 솟구쳤다. 그녀는 꿈꾸는 나를 행복에 젖도록 만드는 사랑스러운 존재다. 그리고 독자 여러분처럼 저항할 수 없는 무심한 눈으로 나를 쳐다보지만, 그녀는 친근하고, 영원하며, 투명하도록 참된 존재다. 지금 나는 세 여신 앞에 서 있는 트로이의 왕자 파리스다. 나는 어여쁜 일제에게 사과를 주련다. 오늘은 5월 1일, 삶의 바다처럼 봄기운은 대지 위로 흘러넘친다. 거품처럼 하얀 꽃이 나무에 걸려 있고, 안개는 따뜻한 빛으로 주위를 덮었으며, 멀리 도시에 있는 집들 창문은 기분 좋게 반짝이고, 참새들은 지붕 위에 보금자리를 다시 지었으며, 거리 위로 사람들이 걸어 다닌다. 놀랍게도 흥이 넘치는구나. 그들도 즐거워한다. 화려한 색상의 옷을 입은 피어란트* 사람들은 제비꽃 화환을 가져왔고, 푸른색 재킷의 귀엽고 막되게 자란 듯한 얼굴의 고아들이 융페른슈티크*를 몰

---

* 피어란트 : 함부르크 남동부 지역에 있는 도시다.

려다니며 오늘 아버지를 다시 발견할 것처럼 기뻐한다. 다리 위의 거지는 큰 행운이라도 얻은 듯 만족한 얼굴로 어딘가를 쳐다본다. 심지어 태양은 도둑이라는 것을 단박에 알 수 있을 정도로 공장에서 찍어 낸 듯한 얼굴을 한 그를, 검은 옷차림의 아직도 교수형당하지 않은 부동산 업자를 너그럽고 따뜻한 빛으로 비추는구나. ─ 밖으로 나가 성문 앞으로 가 보자.

오늘은 5월 1일, 나는 그대, 아름다운 일제를 생각해 본다. 아니면 그대를 내가 가장 좋아하는 이름인 아그네스라고 불러도 좋을까? 그대를 생각한다. 그대를 보고 싶다. 빛을 받으며 산에서 달려 내려오는 그대의 모습을. 그러나 제일 좋은 것은, 계곡 아래에서 서 있는 그대를 두 팔로 힘껏 안는 거다. 좋은 날이다! 온통 녹색이구나. 희망의 색깔이라고 할 수 있겠지. 기적이 일어난 듯 모든 곳에 꽃이 폈다. 내 가슴도 꽃처럼 다시 활짝 필 수 있다면. 가슴도 꽃이다. 놀랍도록 아름다운 가슴이다. 수줍은 제비꽃이

---

* 융페른슈티크 : 함부르크의 번화가다.

아니고, 미소 짓는 장미가 아니며, 순수한 수선화 또는 특유의 사랑스러움으로 즐겁게 소녀의 감성을 건드리고, 어여쁜 가슴 앞에 예쁘게 꽂으며, 오늘은 시들고 내일 다시 피어오르는 그런 꽃이 아니다. 전설에 따르면, 가슴은 100년마다 한 번 피는 브라질 열대 우림에서 자라는 묵직하고 모험을 좋아하는 꽃과 비견할 만하다. 나는 어릴 적 그런 꽃을 본 적이 있다. 한밤중 우리는 권총 소리를 들었다. 다음 날 이웃 아이들은 이렇게 설명했다. 그것은 권총 소리에 갑자기 만개한 알로에였다. 아이들이 나를 정원으로 데리고 갔다. 놀랍게도 그곳에서 매우 넓고 끝이 뾰족한 잎의 자그마하고 단단한 몸을 가진 식물을 보았다. 그 잎들이 다칠 수 있어서 지금은 아주 높이 매달아 놓았지만, 금관처럼 알로에의 꽃은 멋있었다. 우리 어린이들은 높은 곳에 있는 그것을 볼 수 없었다. 우리를 좋아하고 늘 웃음이 떠나지 않는 크리스티안 형이 꽃들 주위에 나무 계단을 만들었다. 우리는 고양이처럼 사다리를 타고 기어올라 갔고, 호기심 어린 눈으로 활짝 열린 식물의 꽃받침을 들여다보았다. 빛을 받아 실같이 가는 것들이 노랗게 빛나고 한 번도 맡아 보지 못한 정말 멋진 향기가 밖으로 분출했다.

그래요, 아그네스, 이 가슴은 그렇게 자주 그리고 쉽게 꽃처럼 피지 못해요. 자주 기억을 더듬어 보았건만, 이제까지 단 한 번 꽃을 피운 것 같아요. 그것도 오래전, 아마도 100년 전의 일일 거예요. 그때 활짝 핀 꽃은 정말 대단했어요. 사나운 겨울 폭풍이 난폭하게 해치지 않더라도, 그 꽃은 태양 빛과 온기 부족으로 처참하게 생장을 멈추었을 거예요. 그런데 지금 내 가슴속에서 다시 싹이 트면서 급격하게 움직이네요. 갑자기 울린 총소리를 들었나요. 아가씨, 놀라지 마세요! 목숨을 끊으려던 것이 아니에요. 나의 사랑이 꽃망울을 터뜨리며 낸 소리였어요. 환하게 빛을 발하며 쏘아 올린 영원한 디오니소스 송가, 기쁨으로 충만한 노래랍니다.

아가씨, 이 노랫소리가 너무 높은 곳에서 들리나요, 그렇다면 편안한 마음으로 나무 계단을 올라가세요, 그리고 아래 활짝 핀 내 가슴을 보세요.

아직은 이른 때였다. 태양은 가야 할 길의 반도 가지 못했다. 내 가슴은 진한 향기를 내뿜고 있어서 머리가 마비될 지경이었다. 어디에서 아이러니가 멈추고 하늘이 시작될 것인지, 대기를 탄식으로 채우려는지, 작은 티끌이 되어 사라지려는지, 창조되지 않은 신이 되려는지, 더는 나는 알 수 없다. 밤이 되면 어떻게 될 것인가, 하늘에 별이 뜨면,

"불행한 별이 뜨면, 그대에게 말해 줄 수 있을까…."

5월 첫째 날, 초라한 차림의 수습 점원은 오늘 감상에 빠질 권리가 있다. 시인도 그럴 권리가 있다면 허용하지 않을 생각인가?

해 설

　하르츠는 북독일의 니더작센, 작센안할트, 튀링겐주에 걸쳐 펼쳐진 거대한 산맥이다. 하르츠를 여행하는 사람은 여러 갈래로 뻗은 산책로를 따라 걸으며 드넓고 고즈넉한 저수지, 태초의 비밀을 머금은 기암괴석과 험준한 절벽, 신비한 동화 속 세상을 연상케 하는 동굴 등의 이색적인 모습을 즐길 수 있고, 하르츠의 최고봉인 브로켄 정상까지 증기 기관차를 타고 가면서 괴테의 《파우스트》에 묘사된 마녀들의 축제 '발푸르기스의 밤' 전설에 빠져들 수 있다. 겨울이면 광활한 자연 경치를 배경으로 노르딕 스키를 타고 눈길을 따라 달리는 사람들을 보며 낭만과 여유를 느낄 수 있다.

　신화와 전설을 품은 낭만적 분위기의 하르츠는 많은 예술가에게 영감과 창작의 소재를 제공했다. 1777년 겨울 젊은 괴테는 하르츠를 여행하고 시 〈겨울 하르츠 여행〉을 남겼는데, 고독한 개인의 낭만적 겨울 여행이라는 이미지가 이때 생산되어 후대에 큰 영향을 끼쳤다. 프란츠 슈베르트의 연가곡 〈겨울 나그네〉의 노랫말을 쓴 시인 빌헬름 뮐러의 시에서도 우리는 하르츠의 혹독한 추위 속에 얼어붙은 눈밭을 정처 없이 헤매는 고독한 사람의 모습을 발견할 수 있다. 낭만주의 작가 루트비히 티크와 노발리스가 독일 민족의 정체성과 위대함을 담은 지역으로 이상화했던 하르츠는 그림 형제가 수집한 동화의 배경이기도 하다. 이러한 풍부한 문화유산과 독일 역사의 영욕이 응축된 공간, 그리고 독특한 자연 경관으로 하르츠는 현재 유네스코 세계 문화유산에 지정되어 있다.

《하르츠 여행기》는 1824년 대학생 하이네가 도보로 하르츠를 4주 동안 여행한 후 체험을 기록한 것으로 1826년 1월과 2월에 베를린의 한 잡지에 처음으로 발표되었다. 이어 당국의 사전 검열과 출판사의 개입에 분개한 하이네는 여행기를 한 권의 책으로 낼 계획을 세우고, 같은 해 5월에 베를린의 출판사 율리우스 캄페에서 '여행 화첩'이라는 제목으로, 아울러 미완의 상태 그대로 출간했다. 1830년까지 총 4부로 출간된 《여행 화첩》 중 제1부인 《하르츠 여행기》가 특히 큰 인기를 얻었다.

지루한 학업과 답답한 일상에 지친 법학도 하이네에게 하르츠 여행은 삶의 해방을 위한 탈출구였다. 당시 하이네는 오랜 시간 동안 진전 없는 법학 공부에 실망하고 — 물론 이전에도 작품을 발표한 적이 있는 그는 적어도 문인들 사이에서는 이미 시인으로 이름을 널리 알리고 있었지만ㅡ 1821년 이후로는 사랑하던 여인의 약혼자와 결투를 벌인 사건으로 괴팅겐 대학으로부터 정학 처분을 받은 상태였다. 게다가 늘 두통에 시달리던 그에게 의사는 치유 여행을 권유했다. 여행기는 괴팅겐에서 시작하여 베엔데, 뇌르텐, 오스테로데, 레어바흐, 클라우스탈, 첼러펠트, 고슬라, 람멜스베르크, 그리고 마지막으로 라이네, 일제, 보데, 젤케 등의 크고 작은 하천들에 관한 서술로 끝난다. 화자가 인상 깊게 느꼈던 내용을 중심으로 다음에 여정을 요약한다.

소시지와 대학으로 유명한 괴팅겐은 낡은 관념에 젖어 고집이 세고 새로운 것을 거부하는 고루한 도시다. 대학은 진부하고 쓸모없는 지식을 가르치며 케케묵은 논리에 사로잡혀 있다. 시민들은 위선적이고 속물적이다. 그런데 이런 현상은 어린이에게서도 발견된다.

화자는 괴팅겐을 벗어나 다채로운 삶을 예감한다. 태양은 밝게 빛나고, 소젖 짜는 아가씨, 당나귀 몰이꾼, 상인, 소풍 나온 대학생들이 흥겹게 떠들며 지나간다. 여관 식당에서 맛본 음식은 학생 식당의 싱거운 요리와 비교할 수 없을 정도로 훌륭하다. 이상한 꿈을 꾼다. 괴팅겐의 법학자들이 무거운 가운과 하얀 가발 차림으로 등장한다. 그들은 정의의 여신 테미스 밑에서 법체계와 가설 등을 놓고 격렬한 토론을 벌인다. 곧 소동이 벌어지고 놀란 화자는 미의 여신 아프로디테로 자리를 옮겨 달콤한 리라 소리를 듣는다.

오스테로데와 클라우스탈을 향해 발걸음을 옮긴다. 언덕에서 화자는 울창한 전나무 숲과 멀리 햇빛에 반사되어 반짝거리는 집들의 붉은 지붕을 보며 낭만에 젖는다. 산은 적막하고 숲은 녹색 바다가 되어 일렁이며 하늘에는 기괴한 모양의 구름이 흐른다. 산은 거칠지만 모든 것이 조화롭다. 어린이만이 이러한 자연과 교감할 수 있다.

클라우스탈의 유명한 광산 도로테아와 카롤리나에 도착한 화자는 벽을 타고 흘러내리는 물과 소음에 큰 충격을 받는다. 종일 어둠 속에서 홀로 광석을 캐는 광부의 눈이 맑다. 아름다운 노래와 동화, 그리고 기도는 광부에게 힘이 되고 연대감을 높인다. 탄광 여행 안내자인 늙은 광부는 이곳을 방문했던 공국 왕에 대해 이야기를 하며 감격에 젖는다. 군주에 대한 순진하고 굳건한 신뢰와 헌신, 이것이 바로 다른 민족과 차별되는 독일 민족만의 특성이다.

광산촌 첼러펠트에 도착한 화자는 광부들의 일상을 관

찰하고 그들의 집을 방문한다. 낯선 이의 눈에 그들의 삶은 멈춘 것처럼 보인다. 수십 년째 난로 뒤에 앉아 있는 노파, 그녀의 생각과 느낌이 가구에 아로새겨진 것 같다. 바로 이런 데서 독일의 동화가 생겨났다. 지푸라기, 석탄, 빗자루가 사람처럼 움직이고 말을 한다. 이곳 사람들은 모든 것에 열린 어린이의 마음을 간직하고 있다. 어린이는 목적과 의도에 지배되지 않고 세세한 것에 골머리를 앓지 않는다. 그런데 어른은 직관에서 비롯된 이러한 깊은 인식의 능력을 책을 통해 얻은 메마른 지식과 맞바꾸고 있지 않은가. 멋진 집으로 이사하고 기분 내키는 대로 가구 위치를 바꾸며 추억 어린 옷들을 새것과 교환한다. 재킷에 단추가 몇 개 달려 있는지 알려 하지 않는다. 이렇게 사람은 조금씩 자신에게서 멀어진다. 그러나 난로 뒤에 앉은 노파는 결혼식 때 입은 예쁜 옷에 관한 이야기를 증손자에게 들려줄 수 있다. 아이는 다시 미래의 손자에게. 전통은 이렇게 살아 전승된다.

고슬라로 간다. 황제가 주재하던 도시였건만, 성당은 무너져 없고 황제가 앉던 의자는 베를린으로 옮겨졌으며 성 슈테판 교회에 매달린 그리스도는 고통의 미학을 보여주기보다 해부학 교실에서나 만날 수 있는 얼굴을 지니고 있으니 실망스럽다. 되레 창문 밖으로 머리를 내민 예쁜 아가씨가 더 마음에 든다. "내일이면 나는 떠난다오, 그리고 다시는 돌아오지 않아요!" 이렇게 주문을 걸며 아가씨의 마음을 빼앗고 그녀와 입을 맞춘다. 그날 밤 무서운 내용의 책을 읽은 화자는 불멸과 두려움, 이성에 관한 상념에 잠긴다. 학자들은 두려움과 망상을 제거할 최고의 원칙으로 이성을 내세우지만, 상상력은 그렇게 쉽게 굴복하지 않는다. 이 세상에는 유령이 없고, 그래서 유령에 대한 공포는 부조리하다고 철학가들은 주장하지만, 사람들은 유령의 공포에 덜덜 떤다.

고슬라를 출발했지만 우회 경로로 가고 말았다. 우연히 만난 사람이 올바른 길을 알려 주면서 자연의 합목적성에 관한 설명을 곁들인다. 나무가 초록색인 까닭은 사람의 눈에 좋기 때문이라고 그가 주장하자, 화자는 신이 소를 창조한 것은 사람에게 맛있는 고기 수프를 먹이기 위함이라고 그의 말을 조롱하듯 재치 있게 받아친다. 화자가 다시 홀로 있게 되자 나무가 말하고 춤추며 하늘은 대지를 안기 시작한다. 신이 인간을 창조한 이유는 무엇인가? 인간은 자연을 창조한 신에게 감탄하기 위해 존재한다. 아름다운 하르츠의 모습에 감격한 화자는 눈물을 흘린다. 가장 높은 봉우리 브로켄의 발치에서 한 목동을 만난다. 그가 건넨 빵과 치즈는 왕의 식탁에 올린 음식과 다를 바

없다. 봉우리를 오르며 본 숲과 기암절벽, 신비로운 그 자태를 감상하는 화자는 머릿속에 마녀들과 악령의 모습을 떠올린다. 새들은 그리움을 노래하고 나무들 사이에서 연인의 모습이 나타난다. 브로켄 정상에 오르자 수많은 도시와 마을, 산과 숲, 하천이 보인다. 파노라마 같이 펼쳐진 정경, 동화에서나 볼 수 있는 낭만적인 모습, 가장 독일적인 모습이 아닌가.

브로켄 정상에서 마주한 일몰, 그리고 광란의 밤을 보내고 맞이한 일출, 화자는 자연의 아름다움을 노래하며 연인을 그리워한다. 향긋한 커피를 마시고 부모와 함께 여행 중인 아름다운 숙녀에게 절벽에서 꺾은 꽃을 선물한다. 브로켄에서 내려오니 암석과 나무 사이에서 솟은 샘이 화자를 즐겁게 만든다. 샘들은 모여 실개천이 되고, 다시 폭포가 되어 계곡 사이로 흐른다. 개울의 이름은 일제. 하얀 거품 옷을 입고 햇빛을 받아 다이아몬드처럼 반짝이는 유쾌한 아가씨가 생각난다. 자연과 영혼이 하나가 될 때의 이 신비한 느낌은 여자만이 안다. 남자는 모든 것을 논리로 분류하고 만다. 그래서 본질적인 것을 놓친다.

5월 1일이다. 대지를 덮은 봄의 기운에 화자는 놀란다. 나무는 자라고 도시는 말끔하게 단장했으며 새는 둥지를 짓고 길 위의 사람들은 즐겁다. 모두가 녹색이다. 희망이 샘솟는다. 꽃이 만발하니 시인의 가슴도 활짝 열린다. 일제 또는 아그네스에 대한 그리움이 샘솟는다. 이 가슴은 오늘 피었다가 지고 마는 제비꽃도, 수선화도, 장미도 아니다. 이 가슴은 브라질 열대 우림에서 자라는 알로에의 꽃, 100년에 한 번 피지만 연약한 꽃이다. 다시 가슴이 뛴다. 꽃봉오리가 열리고 활짝 필 것 같다. 향기에 이성이 마비된 화자, 무엇을 비판해야 하는지, 또한 어떤 주제로 감상에 젖어야 할지 모른다.

향토적, 서정적 문체의 질은 감정이 배어 있는 어휘를 사용하는 것은 19세기 산문, 특히 낭만주의 소설의 특성 중 하나다. 또한 《하르츠 여행기》에 나타난 자연에 대한 내적 열광, 독일 시민 사회의 이성 중심주의와 합목적성, 그리고 속물성 비판 역시 낭만주의 문학의 주제에 속한다. 형식적으로도 급격한 매듭짓기라든가 의도적으로 미완의 성격을 부여하는 것은 낭만주의 문학의 전형적인 요소라 할 것이다. 그러나 하이네는 현실을 수용하는 태도에서 낭만주의자들과 차별된다. 하이네는 추상적 미의 이념이나 원칙을 추구하고 종교, 환상, 전설, 동화 등 헤아릴 수 없는 신비의 세계 또는 중세 등의 먼 과거에서 정신적 보상을 찾거나 현실에 대한 부정적 인식과 비판적 거리를 통해 소극적으로 정치성을 획득하기보다는, 구체적인 현실에 대한 묘사로 눈을 돌려 '지금, 여기'의 문제를 해학과 함께 풍자하고 조롱함으로써 현실을 공격했다.

하이네의 여행기는 여행 정보의 실감 나는 전달과도 거리가 멀다. 작가는 여행자의 주관적 느낌을 전면에 내세웠다. 눈앞에 전개되는 자연을 객관적으로 재현하기보다는 대상이 되는 자연의 이미지를 일인칭 주관적 시점에서 내면의 심상으로 재해석하여 표현했다. 자연을 통해 경험으로 누적된 개인의 내면을 표현하려 했다는 것이다. 아울러 내면세계를 자연과의 교감을 통해 표출하기 위해 하이네는 전통적인 미적 형식과는 다른 새로운 형태의 서술 방식을 시도했다. 서로 다른 표현 방식의 혼합이다. 하이네의 여행기 안에서 포에지(poesie)와 현실 비판은 끊임없이 교차한다. 유머의 토대 위에서 사실주의와 낭만주의, 풍자와 서정적 묘사가 서로의 경계를 무너뜨리며 전개된다. 시대와 사람, 심지어 신성을 모독하고 마음껏 조롱을 퍼붓던 하이네는 갑자기 분위기를 바꾸어 극단적인 주관의 세계, 이를테면 전설과 동화의 세계를 펼치고 이상화된 존재를 묘사하거나 암시와 상징을 드러낸다.

이렇듯 하이네의 여행기는 사적이면서 정치적이고, 낭만적이면서 사실적이다. 서정적이고 몽상적인 자연 서술과 날카로운 시대 비판, 유머와 풍자, 기사문이나 수필에서처럼 가벼운 주제를 다루면서도 역사와 현실에 대한 무거운 통찰을 잃지 않은 문학 작품으로서의 본질을 고스란히 보여 주고 있는 것이다. 그래서 《하르츠 여행기》는 200여 년이 지난 지금 읽어도 신선하고, 또한 인간과 세계에 대한 통찰과 선견의 지혜를 전달하므로 유익하다.

지은이에 대해

괴테, 실러와 더불어 전 세계에 알려지고 사랑받는 독일 작가 하인리히 하이네는 낭만주의풍의 시를 쓴 시인으로, 또한 여러 작곡가가 그의 시를 노랫말로 삼아 아름다운 성악곡을 만들었다는 점에서 자주 서정시인으로 불린다. 그러나 하이네는 감성과 상상의 세계를 그리는 것에만 머물지 않았다. 그는 '3월 이전'*을 대표하는 작가 중 하나다. 원래 그는 신문과 잡지의 문예 난 집필을 비롯하여 소설, 드라마, 수필, 여행기 등의 다양한 분야에서 당대의 현실을 질타했던 참여 지식인이자 작가였다. 이러한

---

* 독일 문예 사조의 명칭이다. 1814~1815년 빈 회의와 1848년 혁명 사이의 시기를 말한다. '3월 이전'에 속한 작가들은 유럽에서의 나폴레옹 체제 몰락 후 빈 회의에서 결정한 절대왕정 복고에 반발하며 민주주의, 시민의 동등한 권리, 국가와 교회의 분리, 여성의 인권, 언론의 자유 등을 요구했고, 그들의 작품을 정치와 권력에 맞서는 도구로 삼았다. 대표적인 작가로 하이네 외에 게오르크 뷔히너(Georg Büchner, 1813~1837)가 있다.

사회 비판적 성향으로 인해 생전의 그는 핍박과 모멸의 시간을 보낼 때가 많았다.

하이네는 1797년 12월 13일 뒤셀도르프의 세속적인 유대인 가정*에서 섬유 판매상 아버지 삼손 하이네와 어머니 베티 하이네** 사이에서 4형제 중 장남으로 태어났다. 하이네의 부모는 사회적으로 명망 있는 위치에 올랐거나 성공했던 가문 출신이었다. 어머니 쪽으로는 의사들과 상업에 종사하는 사람들이 많았고, 아버지 쪽으로는 사회적으로 영향력 있는 인물들이 꽤 많았다. 특히 삼촌 살로몬 하이네는 독일에서 가장 큰 재력을 갖춘 은행가 중 하나였

---

* 18세기 계몽주의의 영향으로 유대인들에 대한 관용과 시민적 권리 부여가 현실화되면서 독일 사회 내 세속적 유대인의 수가 급증했다. 그들은 전통 유대인들과 다르게 전통을 관습으로 간주했고, 서구 사회에 안착하기 위해 개종과 개명의 변절 행위를 서슴지 않았다. 그러나 대학에서 교육받고 부를 쌓은 동화 유대인들이 점진적으로 독일 사회 전면에 등장하자, 독일인들은 그들을 경쟁자로 인식하며 부여했던 유대인에 대한 권리와 자유를 다시 거두어들였다. 반유대주의가 이념적으로 정립되고 지지자 규합을 위한 정치적 도구가 되기 시작했던 때가 바로 하이네가 생존했던 19세기였다. 이후 반유대주의는 나치 정권에 의해 더욱 체계화되면서 정권 이념의 교리이자 세계관의 토대가 되었다.

** 어머니의 결혼 전 성은 판 겔던이었다.

고 유럽 전역에 연결망을 구축한 인물이었다.

하이네는 기독교인 자녀들이 다니는 학교에 다녔고, 프랑스 해방군이 통치했던 뒤셀도르프의 자유로운 분위기 속에서 소년기를 보냈다. 뒤셀도르프는 그가 풍자적인 필치로 묘사했던 도시들, 특히 《이념. 르 그랑의 책》(1827)에 등장하는 도시들과 다르게 항상 행복과 낭만을 머릿속에 떠올리게 만드는 도시였다. 라인강 주변의 지역들을 그가 순수하고 아름답게 그린 것은 소년기의 아름다운 체험과 추억 때문이겠지만, 뒤셀도르프가 다른 도시들에 비해 유대인에게 덜 적대적이었다는 사실도 영향을 끼쳤을 것이다. 성인이 되고 나서도 고향의 이러한 이미지는 잊히지 않았다.

뒤셀도르프에서 상업학교를 졸업한 하이네는 삼촌의 도움으로 프랑크푸르트와 함부르크에서 은행 수습생이 되어 사회에 첫발을 내디뎠다. 이어 1819년부터는 본, 괴팅겐, 베를린에서 법학을 공부했다. 그러나 처음부터 그의 관심은 법학보다 문학에 있었다. 베를린에서 그는 라헬 파른하겐이 주도한 문학 살롱에 드나들며 처음으로 작품 《시집》(1822)을 냈다. 1824년 하이네는 하르츠를 여행했고, 1825년에는 법률가로서의 취업 가능성을 높이기 위해 괴팅겐에서 법학 박사학위를 받았으며, 역시 같은 해에 기독교로 개종했다.* 그러나 동화의 노력에도 그는 당시 독일 사회의 반유대주의적 편견과 차별에서 벗어날 수 없었고, 꿈꾸던 법률가로서의 사회 활동도 불가능했다. 1829년 그는 뮌헨 대학의 교수직에도 도전했으나 좌절하고 만다. 이후 그는 북해 해안, 영국, 이탈리아 등을 여행하면서 활발한 집필 활동을 벌였으며《여행 화첩》(1826~1830),《노래의 책》(1827) 등을 통해 작가로 이름을 얻기 시작한다.

하이네는 특유의 유머와 위트로 많은 독자층을 확보했던 작가였다. 하지만 그의 작품에 나타나는 사회 비판, 즉 독일의 정치와 정신세계에서 나타나는 반동적 요소에 대한 신랄한 비판은 프로이센 정부의 탄압에 직면했다. 프랑스 7월 혁명(1830)에 열광했던 그는 결국 1831년 독일을 떠나 파리로 이주했다. 그에게 파리는 유럽의 정신이 모이고 자유를 호흡할 수 있는 도시였다. 그는 파리의 살

---

* 그러나 하이네에게 개종은 소위 "유럽 문화로 들어가기 위한 입장권"에 불과했다. 하이네에게 유대교 또는 유대성은 독일성과 더불어 그의 정체성을 이루는 요소이며 그의 작품 전편을 관통하는 중요한 주제 중 하나다.

롱에서 유명 인사가 되었고, 빅토르 위고, 알렉상드르 뒤마, 조르주 상드, 외젠 들라크루아, 프레데리크 쇼팽, 프란츠 리스트 등 당시 파리 문화계의 인사들과 교류했다. 아울러 그는 파리를 방문한 독일 여행객들이 가장 만나고 싶은 인물 중 하나였다.

1835년부터 그는 마틸데로 불렸던 프랑스 여인과 함께 살기 시작하며 작가 활동을 본격적으로 이어 갔다. 그는 프랑스 독자를 대상으로 《독일의 종교와 철학의 역사》(1835)와 《낭만파》(1836)를 썼고, 독일 아우크스부르크 신문사 등 주요 일간지에 실린 연재기사, 예컨대 〈프랑스 상황〉(1833), 〈프랑스의 화가들〉(1833), 〈프랑스의 연극 무대〉(1838) 등을 통해 독일의 독자들에게 프랑스의 문화와 사회 상황을 소개했다. 또한 그는 파리에 망명한 다른 독일 예술가와 지식인, 이를테면 루트비히 뵈르네, 리하르트 바그너, 카를 마르크스와 교류하며 독일의 상황에 관한 이해를 높이고 시대의 변화에 대한 새로운 가능성을 모색했다. 조국 독일에 대한 이러한 관심과 열정은 무엇보다도 《아타 트롤. 한여름 밤의 꿈》(1843), 《독일. 겨울 동화》(1844)에서 투명하게 드러났다.

파리에서 하이네는 늘 독일을 그리워했다. 그러나 그리움은 매번 고통으로 남았다. 그의 작품은 검열과 압수의 대상이었고, 프로이센 정부는 하이네를 추방할 것을 프랑스 정부에 꾸준히 요구했다. 1843년과 1844년 두 번의 짧은 방문을 끝으로 탄압에 가로막혀 독일 땅을 밟는 것이 불가능해진 것에 더해 독일 출판사와 다툼이 발생했고, 프랑스에서 작품 전집이 출간되었음에도 독일에서의 전집 발행은 이루어지지 않았으며, 급기야 1844년 재정적 후원자였던 함부르크의 삼촌이 사망하자 향수병과 생활고에 시달리던 하이네의 상황은 극도로 악화했다. 게다가 그는 질병에 시달리기 시작했다.

하이네는 1848년 이후 생의 마지막 시간 대부분을 척추 결핵으로 소위 "이불 무덤"에서 보냈다. 그러나 온몸이 마비되고 고통에 찌든 상황 속에서도 그는 창작 활동을 멈추지 않았다. 비서의 대필로 쓰인 《로만체로》(1851)와 《고백록》(1854)은 2월 혁명의 실패 이후 부패하고 추악한 세계에 대해 최고조에 달한 시인의 조롱과 아이러니를 보여주며, 서정시인으로서, 낭만주의자로서, 앙가주망 작가로서, 독일인으로서, 그리고 유대인으로서 일생을 보낸 하이네의 입장을 종합하고 완결 지은 작품들이다. 하이네는 1856년 2월 17일에 생을 마감했으며 파리의 몽마르트르 사원 묘지에 안장되었다.

지은이 연보

1797   뒤셀도르프에서 섬유 판매상 삼손 하이네의 아들로
출생한다.

1814   상업학교를 졸업한다.

1815~1816   프랑크푸르트와 함부르크에서 은행
수습생으로 사회에 첫발을 내딛는다.

1819   본, 괴팅겐, 베를린 대학에서 법학을 공부한다. 라헬
파른하겐 주도의 베를린 살롱에서 여러 문인과
교류한다.

1822   《시집》을 출간한다.

1825   괴팅겐 대학에서 법학 박사학위를 취득한다.
프로테스탄트교로 개종한다. 함부르크, 뤼네부르크,
런던, 뮌헨, 이탈리아, 베를린 등의 도시들을
여행한다.

1826   《여행 화첩 제1부 – 하르츠 여행기》를 출간한다.

1827   《여행 화첩 제2부 – 이념. 르그랑의 책, 북해》와
《노래의 책》을 출간한다. 처음에는 대중적 인기를
얻지 못하나 금서 목록에 오른 이후 19세기의 가장

성공을 거둔 작품으로 평가받는다.

1830 독일 북해의 섬 헬골란트에 거주한다. 《여행 화첩 제3부-뮌헨에서 제노아까지의 여행, 루카의 온천》, 《여행 화첩 제4부-도시 루카, 영국 단상》을 출간한다.

1831 독일의 정치적 상황에 좌절해 파리로 이주한다.

1833 독일 아우크스부르크 일간지에 〈프랑스 상황〉 등을 연재한다.

1835 독일 연방 의회의 결정에 따라 작품들이 금서 목록에 오른다. 《독일의 종교와 철학의 역사》를 출간한다.

1836 《낭만파》를 출간한다. 진보 민주 망명자 단체에 가입한다. 카를 마르크스 등 독일 망명 지식인 및 예술가들과 교류한다.

1840 《루트비히 뵈르네. 회고록》을 출간한다.

1841 마틸데로 불렸던 프랑스 여인 미라와 결혼한다. 재정 상황이 극도로 악화한다.

1843 첫 번째로 독일 여행을 한다. 《아타 트롤. 한여름 밤의 꿈》을 출간한다.

1844 두 번째 독일 여행을 한다. 《독일, 겨울 동화》, 《신시집》을 출간한다.

1848 척추 결핵으로 이후 생의 마지막 시간 대부분을

"이불 무덤"에서 보낸다.
1851 《로만체로》, 《파우스트 박사》를 출간한다.
1854 《고백록》, 《망명 중의 신들》, 《루트비히 마르쿠스》, 《1853년과 1854년의 시》, 《루테치아》 등을 출간한다.
1856 사망 후 몽마르트르 사원 묘지에 안장된다.

옮긴이에 대해

김희근은 독일 뮌스터 대학교 독어독문학과에서 독문학 박사학위를 받았고 한양대학교 인문과학대학 독어독문학과 교수로 재직하고 있다. 저서로《하이네의 메시아적 전망》,《성과 속, 그 사이에서의 문학연구》, 역서로 요제프 로트의《거미줄》이 있으며 다수의 논문을 발표했다.

하르츠 여행기

지은이 하인리히 하이네
옮긴이 김희근
펴낸이 박영률

초판 1쇄 펴낸날 2024년 10월 15일

커뮤니케이션북스(주)
출판등록 제313-2007-000166호(2007년 8월 17일)
02880 서울시 성북구 성북로 5-11
전화 (02) 7474 001, 팩스 (02) 736 5047
commbooks@commbooks.com
commbooks.com

ⓒ 김희근, 2024

지식을만드는지식은
커뮤니케이션북스(주)의 고전 출판 브랜드입니다.
이 책은 저작권자와 계약해 발행했으므로, 본사의 서면 허락 없이는
어떠한 형태나 수단으로도 이 책의 내용을 이용할 수 없습니다.

ISBN 979-11-7307-194-2 03850

책값은 뒤표지에 있습니다.